读者丛书
DUZHE CONGSHU
中国梦读本

塑造自己的雕像

读者丛书编辑组／编

U0726762

读者出版传媒股份有限公司
甘肃人民出版社
甘肃·兰州

图书在版编目（CIP）数据

塑造自己的雕像 / 读者丛书编辑组编. -- 兰州 ：
甘肃人民出版社，2018.5（2024.12重印）
（读者丛书. 中国梦读本）
ISBN 978-7-226-05276-1

Ⅰ. ①塑… Ⅱ. ①读… Ⅲ. ①中国特色社会主义－社
会主义建设模式－通俗读物 Ⅳ. ①D616-49

中国版本图书馆CIP数据核字（2018）第097167号

项目统筹：李树军　党晨飞
策划编辑：党晨飞
责任编辑：张　菁
封面设计：磊磊装帧設計
　　　　　　　　　　Mobile:13693001197

塑造自己的雕像
SUZAO ZIJI DE DIAOXIANG
读者丛书编辑组　编
甘肃人民出版社出版发行
（730030　兰州市读者大道 568 号）
三河市富华印刷包装有限公司印刷
开本 710毫米×1000毫米 1/16　印张15.25　插页2　字数 226 千
2018年7月第1版　　2024年12月第3次印刷
印数：12 031~17 030
ISBN 978-7-226-05276-1　　定价:69.00元

目 录
CONTENTS

人因梦想而伟大

雷 军

　　我在乌镇参加了全球互联网峰会，在这个会议上有马云，也有苹果公司的高级副总裁。

　　主持人抛出了一个问题，说："雷军，你说你有一个目标，要用5到10年的时间，做到智能手机市场份额的全球第一。"我忙点头，我的确说过。但是他没有继续问我，他去问苹果公司的高管说："你怎么看？"这位高管也很厉害，他说："Easy to say. Hard to do（说起来简单，做起来难）。"

　　主持人问："雷军，你怎么想？"那一瞬间我非常非常尴尬。我冷静了一下，说了马云说过的一句话："梦想还是要有的，万一实现了呢？"我的演说水平远远没办法跟马云相比，马云的号召力和演说水平，我是望尘莫及。尤其是我听说马云还讲过，他说自己高考几次落榜，好不容易上了杭州师范大学，还找不到工作，像他这样的人都能成功的话，80%的中国人都可以成功，听得我们每个人都热血沸腾。马云今天有资格讲这个话，讲得也特别震撼，每一个人，尤其每一个屌丝都渴望像马云一样逆袭。

讲完马云这句名言以后，我又补了一段话。我说起4年前，小米刚刚创立，在中关村，十来个人、七八条枪要去做手机，有谁相信我们能赢？手机这个行业是刀山火海，前面有三星、有苹果，后面有联想、有华为……一个正常人想到智能手机，就觉得这个市场竞争很激烈。

3年前，我们的产品刚刚发布，仅仅用了3年时间，谁能想到，这十来个人的小公司，在这样竞争激烈的市场里面，杀到了全中国第一、全球第三。我们今天有这样的业绩、有这样的起跑线，我觉得我们总应该有这么一点点梦想，用5到10年时间杀到全球第一吧。所以梦想还是要有的。

其实，办"小米"对我来说是一个很难很难的事情。为什么呢？是因为我在此之前有幸参与了金山软件的创办，今天我依然是金山软件的董事长和大股东，而且我还有幸办过一个电子商务公司，叫卓越网，后来卖给了亚马逊，应该说我的人生也足够了。所以，在金山IPO之后我就退休了，还干了三四年的投资，而且做天使投资，业绩还不错，绝对能排在中国天使投资界的第一排。是什么样的动力使我下定决心去干这么累的一件事情？在我做天使投资，在我从金山退休的那个阶段，我有天晚上从梦中醒来，我问了自己一个问题：我40岁了，在别人眼里功成名就，已经退休了，还干着人人都很羡慕的投资。我还有没有勇气去追寻我小时候的梦想？岁数越大，谈梦想就越难，大家现在都是最有梦想的时候，你们到了40岁的时候，还有梦想吗？面对残酷的现实，还有几个人能笑对今天、笑对明天？

我当时问我自己，还有没有勇气去试一把。这么试下去风险很高，有可能身败名裂，有可能倾家荡产，而且更重要的是，我在别人眼里已经是一个成功者，我需要冒这么大的风险去做一件这么艰难的事情吗？其实我真的犹豫了半年时间。最后我觉得，这种梦想激励我自己一定要去赌一把，只有这样做，我的人生才是圆满的，至少当我老了的时候，还可以很自豪地说："我曾经有过梦想，我曾经去试过，哪怕输了。"我最后下定了决心，创办了小米。刚开始，我认为我百分之百会输，我想的全部是我会怎么死，但我真的很庆幸，我们竟然只用了3年，取得了一个令我自己都无法相信的结果。

我为什么会有这样的梦想？是因为在我18岁的那一年，我在图书馆无意之中看了一本书，改变了我的一生。那是1987年，我上大学一年级，那本书叫《硅谷之火》，讲述的是20世纪70年代末80年代初，硅谷英雄们的创业故事，其中主要的篇章就是讲乔布斯的。书中说，乔布斯在那个年代，代表着美国式的创业。我记得20世纪90年代比尔·盖茨很成功的时候，他说"我不过是乔布斯第二"，乔布斯在80年代就已经如日中天。当时看了这本书，激动的心情久久难以平静。我清晰地记得，我在武汉大学的操场上，沿着400米的跑道走了 圈又 圈，走了个通宵，我怎么能塑造与众不同的人生？在中国这个土壤上，我们能不能像乔布斯一样，办一家世界一流的公司？我觉得只有这样，我才无愧于我的人生，才会使我自己觉得，人生是有价值、有意义、有追求的。

当我有这样的梦想后，我认为放到口头上是没有用的，怎么能够落实到实际的学习和工作中，这才是最重要的。我当时给自己制定了第一个计划：两年修完大学所有的课程。我用两年时间完成了目标。我是当时武汉大学为数不多的双学位获得者，而且我绝大部分的成绩都是优秀，在全年级一百多人里排名第六。

有梦想是件简单的事情，关键是有了梦想以后，你能不能把梦想付诸实践。你要怎么去实践，你怎么给自己设定一个又一个可行的目标？当然，有了这样的目标还不够，因为要成功不是一件简单的事情，需要你长时间的坚韧不拔、百折不挠。

我在40岁的时候，没有忘记18岁的梦想，我去试了。我经常跟年轻人交流梦想。我自己特别喜欢一句话，叫作"人因梦想而伟大"。只要你有了梦想，你就会变得与众不同。周星驰也讲过一句名言，叫"做人如果没有梦想，跟咸鱼有什么分别"。所以关键的是，要有梦想，有梦想是你迈向成功的第一步，有了第一步以后，你一定要为自己的梦想去准备各种坚实的基础。

　　谈到梦想的实现，我最近还有一句话挺出名的，也是我抄来的，叫"站在风口上，猪都会飞"。这话我其实是想表达两层意思：第一，没有扎实的基本功、没有勤奋是成功不了的；第二，有了勤奋，有了坚实的基础也不一定能成功，还需要风口，还需要把握大的发展机遇，抓住机会，你才有机会成功。

（摘自《读者》2015 年第 3 期）

天下没有白费的努力

胡 适

本文为 1932 年时任北京大学校长的胡适在毕业典礼上的演讲。

你们现在要离开母校了，我没有什么礼物送给你们，只好送你们一句话吧。

这一句话是："不要抛弃学问。"

以前的功课也许有一大部分是为了这张毕业文凭，不得已而做的。从今以后，你们可以依自己的心愿去自由研究了。趁现在年富力强的时候，努力去做一种专门学问。少年是一去不复返的，等到精力衰疲时，要做学问也来不及了。即为吃饭计，学问决不会辜负人的。吃饭而不求学问，三年五年之后，你们都要被后进少年淘汰掉的。到那时再想做点学问来补救，恐怕已太晚了。

有人说："出去做事之后，哪有工夫去读书？即使要做学问，既没有图书馆，又没有实验室，哪能做学问？"

我要对你们说：

凡是要等到有了图书馆方才读书的，有了图书馆也不肯读书。

凡是要等到有了实验室方才做研究的，有了实验室也不肯做研究。

你有了决心要研究一个问题，自然会撙衣节食去买书，自然会想出法子来设置仪器。至于时间，更不成问题。达尔文一生多病，不能多做工，每天只能做一点钟的工作。你们看他的成绩！每天花一点钟看十页有用的书，每年可看三千六百多页书，三十年可读十一万页书。

诸位，十一万页书可以使你成一个学者了。可是，每天看三种小报也得费你一点钟的工夫；四圈麻将也得费你一点半钟的光阴。看小报呢，还是打麻将呢，还是努力做一个学者呢？全靠你们自己的选择！

易卜生说："你的最大责任是把你这块材料铸造成器。"学问便是铸器的工具。抛弃了学问便是毁了你自己。再会了，你们的母校眼睁睁地要看你们十年之后成什么器。

这一两个星期里，各地的大学都有毕业的班次，都有很多的毕业生离开学校去开始他们的成人事业。学生的生活是一种享有特殊优待的生活，不妨幼稚一点，不妨吵吵闹闹，社会都能纵容他们，不肯严格的要他们负行为的责任。现在他们要撑起自己的肩膀来挑他们自己的担子了。在这个困难最紧急的年头，他们的担子真不轻！我们祝他们的成功，同时也不忍不依据我们自己的经验，赠他们几句送行的赠言，——虽未必是救命毫毛，也许作个防身的锦囊罢！

你们毕业之后，可走的路不出这几条：

极少数的人还可以在国内或国外的研究院继续作学术研究；少数的人可以寻着相当的职业；此外还有做官、办党、革命三条路；此外就是在家享福或者失业闲居了。

第一条继续求学之路，我们可以不讨论。走其余几条路的人，都不能没有堕落的危险。人生的道路上满是陷阱，堕落的方式很多，总括起来，约有这两大类。

第一是容易抛弃学生时代的求知识的欲望。你们到了实际社会里，往往所用非所学，往往所学全无用处，往往可以完全用不着学问，而一样可以胡乱混饭吃，混官做。在这种环境里，即使向来抱有求知识学问的决心的人，也不免心灰意懒，把求知的欲望渐渐冷淡下去。况且学问是要有相当的设备的：书籍，试验室，师友的切磋指导，闲暇的工夫，都不是一个平常要糊口养家的人所能容易办到的。没有做学问的环境，又谁能怪我们抛弃学问呢？此段讲社会往往不能给我们做学问的环境。

第二是容易抛弃学生时代的理想的人生的追求。少年人初次与冷酷的社会接触，容易感觉理想与事实相去太远，容易发生悲观和失望。多年怀抱的人生理想，改造的热诚，奋斗的勇气，到此时候，好像全不是那么一回事。渺小的个人在那强烈的社会炉火里，往往经不起长时期的烤炼就熔化了，一点高尚的理想不久就幻灭了。抱着改造社会的梦想而来，往往是弃甲曳兵而走，或者做了恶势力的俘虏。你在那俘虏牢狱里，回想那少年气壮时代的种种理想主义，好像都成了自误误人的迷梦！从此以后，你就甘心放弃理想人生的追求，甘心做现成社会的顺民了。此段讲理想容易幻灭，人便甘心为现实奴役。

要防御这两方面的堕落，一面要保持我们求知识的欲望，一面要保持我们对于理想人生的追求。有什么好法子呢？依我个人的观察和经验，有三种防身的药方是值得一试的。

第一个方子只有一句话："总得时时寻一两个值得研究的问题！"

问题是知识学问的老祖宗。古往今来一切知识的产生与积聚，都是因为要解答问题——要解答实用上的困难或理论上的疑难。所以梁漱溟先生自认是"问题中人"而非"学术中人"。所谓"为知识而求知识"，其实也只是一种好奇心追求某种问题的解答，不过因为那种问题的性质不必是直接应用的，人们就觉得这是"无所为"的求知识了。

我们出学校之后，离开了做学问的环境，如果没有一个两个值得解答的疑难问题在脑子里盘旋，就很难继续保持追求学问的热心。可惜当时青年人最大的问题是养家糊口，生存都是难题，遑论其他？

可是，如果你有了一个真有趣的问题天天逗你去想他，天天引诱你去解决他，天天对你挑衅笑你无可奈何他，——这时候，你就会同恋爱一个女子发了疯一样，坐也坐不下，睡也睡不安，没工夫也得偷出工夫去陪她；没钱也得撙衣节食去巴结她。没有书，你自会变卖家私去买书；没有仪器，你自会典押衣服去置办仪器；没有师友，你自会不远千里去寻师访友。你只要能时时有疑难问题来逼你用脑子，你自然会保持发展你对学问的兴趣，即使在最贫乏的知识环境中，你也会慢慢地聚起一个小图书馆来，或者设置起一所小试验室来。

所以我说：第一要寻问题。脑子里没有问题之日，就是你的知识生活寿终正寝之时! 古人说，"待文王而兴者，凡民也。若夫豪杰之士，虽无文王犹兴。"试想伽利略（Galileo）和牛顿（Newton）有多少藏书？有多少仪器？他们不过是有问题而已。有了问题而后，他们自会造出仪器来解答他们的问题。没有问题的人们，关在图书馆里也不会用书，锁在试验室里也不会有什么发现。

第二个方子也只有一句话："总得多发展一点非职业的兴趣。"

离开学校之后，大家总得寻个吃饭的职业。可是你寻得的职业未必就是你所学的，或者未必是你所心喜的，或者是你所学而实在和你的性情不相近的。在这种状况之下，工作就往往成了苦工，就不感觉兴趣了。

为糊口而作那种"非性之所近而力之所能勉"的工作，就很难保持求知的兴趣和生活的思想主义。最好的救济方法只有多多发展职业以外的正当兴趣与活动。一个人应该有他的职业，又应该有他的非职业的玩意儿，可以叫做业余活动。凡一个人用他的闲暇来做的事业，都是他的业余活动。往往他的业余活动比他的职业还更重要，因为一个人的前程往往全靠他怎样用他的闲暇时间。他用他的闲暇来打麻将，他就成个赌徒；你用你的闲暇来做社会服务，你也许成个社会改革者；或者你用你的闲暇去研究历史，你也许成个史学家。你的闲暇往往定你的终身。

英国 19 世纪的两个哲人，弥儿（J.S.Mill）终身做东印度公司的秘书，然而他的业余工作使他在哲学上、经济学上、政治思想史上都占一个很高的位置；斯宾塞(Spencer)是一个测量工程师，然而他的业余工作使他成为前世纪晚期世界思想界的一个重镇。古来成大学问的人，几乎没有一个不是善用他的闲暇时间的。

特别在这个组织不健全的中国社会，职业不容易适合我们性情，我们要想生活不苦痛或不堕落，只有多方发展业余的兴趣，使我们的精神有所寄托，使我们的剩余精力有所施展。有了这种心爱的玩意儿，你就做六个钟头的抹桌子工夫也不会感觉烦闷了，因为你知道，抹了六点钟的桌子之后，你可以回家去做你的化学研究，或画完你的大幅山水，或写你的小说戏曲，或继续你的历史考据，或做你的社会改革事业。你有了这种称心如意的活动，生活就不枯寂了，精神也就不会烦闷了。

第三个方子也只有一句话："你总得有一点信心。"

我们生当这个不幸的时代，眼中所见，耳中所闻，无非是叫我们悲观失望的。特别是在这个年头毕业的你们，眼见自己的国家民族沉沦到这步田地，眼看世界只是强权的世界，望极天边好像看不见一线的光明，——在这个年头不发狂自杀，已算是万幸了，怎么还能够希望保持一点内心的镇定和理想的信任呢？

我要对你们说：这时候正是我们要培养我们的信心的时候!只要我们有信心，我们还有救。古人说："信心（Faith）可以移山。"又说："只要工夫深，生铁磨成绣花针。"

你不信吗？当拿破仑的军队征服普鲁士占据柏林的时候，有一位穷教授叫做菲希特（Fichte，今通译"费希特"，社科院哲学所梁志学先生译有《费希特选集》）的，天天在讲堂上劝他的国人要有信心，要信仰他们的民族是有世界的特殊使命的，是必定要复兴的。菲希特死的时候（1814年），谁也不能预料德意志统一帝国何时可以实现。然而不满五十年，新的统一的德意志帝国居然实现了。

一个国家的强弱盛衰，都不是偶然的，都不能逃出因果的铁律的。我们今日所受的苦痛和耻辱，都只是过去种种恶因种下的恶果。我们要收将来的善果，必须努力种现在的新因。一粒一粒的种，必有满仓满屋的收，这是我们今日应该有的信心。一分耕耘，一分收获，这是初涉人世的青年都有的想法，但现实往往是劳而无获，因此理想也就丧失，心灵也就麻木了。

我们要深信：今日的失败，都由于过去的不努力。

我们要深信：今日的努力，必定有将来的大收成。

佛典里有一句话："福不唐捐。""唐捐"就是白白地丢了。我们也应该说："功不唐捐！"没有一点努力是会白白地丢了的。在我们看不见想不到的时候，在我们看不见想不到的方向，你瞧！你种下的种子早已生根发叶开花结果了！

你不信吗！法国被普鲁士打败之后，割了两省地，赔了五十万万法郎的赔款。这时候有一位刻苦的科学家巴斯德（Pasteur）终日埋头在他的试验室里做他的化学试验和微菌学研究。他是一个最爱国的人，然而他深信只有科学可以救国。他用一生的经历证明了三个科学问题：

（一）每一种发酵作用都是由于一种细菌的发展；

（二）每一种传染病都是由于一种细菌在生物体中的发展；

（三）传染病的细菌，在特殊的培养之下，可以减轻毒力，使它从病菌变成防病的药苗。

这三个问题，在表面上似乎都和救国大事业没有多大的关系。然而从第一个问题的证明，巴斯德定出做醋酿酒的新法，使全国的酒醋业每年减除极大的损失。从第二个问题的证明，巴斯德教全国的蚕丝业怎样选种防病，教全国的畜牧农家怎样防止牛羊瘟疫，又教全世界的医学界怎样注重消毒以减除外科手术的死亡率。从第三个问题的证明，巴斯德发明了牲畜的脾热瘟的治疗药苗，每年替法国农家减除了二千万法郎的大损失；又发明了疯狗咬毒的治疗法，救济了无数的生命。所以英国的科学家赫胥黎（Huxley）在皇家学会里称颂巴斯德的功绩道："法国给了德国五十万万法郎的赔款，巴斯德先生一个人研究科学的成绩足够还清这一笔赔款了。"

巴斯德对于科学有绝大的信心，所以他在国家蒙奇辱大难的时候，终不肯抛弃他的显微镜与试验室。他绝不想他的显微镜底下能偿还五十万万法郎的赔款，然而在他看不见想不到的时候，他已收获了科学救国的奇迹了。

　　朋友们，在你最悲观最失望的时候，那正是你必须鼓起坚强的信心的时候。你要深信：天下没有白费的努力。成功不必在我，而功力必不唐捐。

（摘自搜孤网 2017 年 4 月 23 日）

现在的"不容易"，是为了将来能"容易"

李清浅

昨天看了一则新闻，一位拾荒的老大爷看到河床上有个饮料瓶，便过去捡拾，结果身陷淤泥，十多个小时后才被人发现救出。

为了捡拾一个饮料瓶，把自己置于那般危险的境地，那一刻，我看到的是一个垂暮老人生活的艰辛与不易。

猛地想起一句话，成年人的世界，没有"容易"二字。

最近我的几位妈妈党朋友，都重新出山上班了，小朋友们陆续读中班甚至大班，基本上都适应了幼儿园生活，现在出去上班，可以说时机正好。

轩轩妈也找了一份工作，那是一家信贷公司，早九晚七，单休，轩轩爸的工作也是单休。为了照看孩子，他们两个人一个周六休，一个周天休，这样就可以无缝对接了。

但这也意味着，他们很难在周末一起带孩子出去玩。一家人真正相处的时间，只有晚上下班后。

　　我得知这个情况后，莫名有些心酸。我说不能找个双休的工作吗？这样真的太不容易了。

　　轩轩妈说："我好长时间没有出来工作了，心里挺没底的。这份工作是朋友介绍的，先好好做着，熟悉业务后再慢慢想办法。想把日子过好，必须得克服这些困难。"

　　"一切为了我们这个家。"轩轩妈又补充了一句。

　　我听后莫名有些感动，诚然，虽然这样看起来蛮折腾的，但是夫妇二人齐心协力为这个家，共同带孩子，共同奋斗，却又让我隐隐看到了些希望。

　　我们那么努力那么拼，一定意义上是想获得更好的生活。现在的不容易，是为了将来的容易。

　　这世上很多东西，都是提前标好价码的，钱多事少离家近的工作，不好意思，这世上可能真有，但通常和我们关系不大。你需要金钱，就必须出卖自己的时间，甚至牺牲陪娃的时间。有时候为了得到更多，就不得不先失去一些，多付出一些。

　　一个朋友曾给我讲过他早年的经历：当过餐厅服务员，摆过摊，做过销售，发过传单，还曾穿着那种毛茸茸的人偶衣服，在大街上又摇又摆地站一天。

　　他说厚厚的衣服里，其实早就捂出了一身痱子，可是见了小朋友，还要摆摆手，扭扭身子，和他们互动合影。

　　"一天两百块钱，虽然热得出痱子，拿到钱时，还是开心得不得了。"他说，"没办法，真是太缺钱了，什么来钱多做什么。"

　　"还好都过来啦，现在虽然依然没有多少钱，但至少不像从前那样缺钱了。"他笑着说，一副风轻云淡的模样。曾经的不易，只是优秀的他现在的谈资……

　　安徽黄山风景区环卫队伍中的一个特殊分队，攀缘在悬崖峭壁上拾捡垃圾。那些被游客丢弃或是被风刮到崖下的矿泉水瓶、餐巾纸等垃圾，必须通过放绳下去才能拾捡干净。

　　当然，相对于其他环卫工人，回报要丰厚得多。

　　世上没有免费的午餐，有时候想要多得到，就需要额外去付出。

这世界有时候就是这么公平得可怕。

好友西西曾经有一段时间也特别艰难。她五点半下班，到家六点多，而孩子五点放学。

为了接孩子，她只好请了个阿姨，每天帮她带一个小时，三十块钱。偶尔她需要加班，就必须让阿姨多看一会儿，她心里总过意不去。

有一次回到家，她发现孩子头上有一个大包，阿姨解释说，孩子跑步的时候，不小心碰了一下。

西西知道就算她来看孩子，这种事也可能发生，所以并没有责怪阿姨，可是却无比愧对孩子，她和孩子说："宝宝，对不起，妈妈只能拜托别人接你，妈妈必须努力工作，这样咱们的生活才会越来越好。"

有很长一段时间，我住在咸阳，却每天倒公交、坐地铁去西安上班，单程需要一个半小时左右。很多人听说后，第一反应也是"太不容易了"，问我在咸阳找份工作不好吗？

在咸阳找工作也不是不可以，只不过咸阳的工资待遇是 2500 块左右，西安是 4500 块左右，路上多花点时间，却可以得到更丰厚的回报。而那多出来的 2000 块钱，对我们的生活很重要。

那段时间，有时候我到家才半个多小时，孩子就睡了，早上我起床时，他还没醒。我又何尝不是对孩子充满了愧疚？

《天堂电影院》里，有这样一句扎心的话：生活不是电影，生活比电影更苦。

生活比电影更苦，所以才有人在冷风中，背着孩子卖早餐；才有人在孩子发烧的时候，也不能请假去照顾；才有人不得不将孩子丢给父母，踏上外出打拼的征途……

只不过人生在世，经常身不由己。我们吃那么多苦，是希望它们可以照亮未来的路。

最怕的是现在太容易，将来不容易。是的，怕只怕，人之将老依然不容易。

上周末老公加班，我和一个做设计的朋友带孩子去公园玩，看到一位七十多岁的爷爷在给人画素描。张小又兴致勃发，也想要一张。

可是我没有带现金。我如实相告，问能否发红包。

爷爷怔了一下，说你等一等，我让别人帮我收一下。然后他几乎是小跑着走到附近"鬼屋"的售票员旁边，问她能不能帮自己收个红包。售票员说可以是可以，只是自己身上只有一百块钱，无法给他钱。

于是爷爷又走到隔壁打手枪的摊位前，问能不能帮他收个红包。那一刻我突然有些后悔自己没带现金，同时也觉得这个爷爷太不容易了。

估计是不想错过原本就为数不多的生意，他才会如此费尽周折地找人代他收一个红包吧。

终于有人帮他收了，那人说：你也弄个微信嘛，这样会方便很多。爷爷却叹口气说：干不动啦，马上就不干了，不折腾啦。

可我又隐隐担心：真的不干了，以何谋生？能否保证衣食无忧？所谓安享晚年，又谈何容易？

那个做设计的朋友见此情景也无限感慨。为了照顾宝宝，她辞职了，还好可以兼职做设计，她接了很多不入流的小活儿，比方设计路边派发的小广告。她说，有时候，都觉得自己设计的东西不忍看，偏偏客户还要改了一遍又一遍，常常想再也不干了。

看到这个爷爷，突然决定还是要好好做她的兼职设计，"我不想将来这样辛苦。"

谁不是一边喊着老子再也不干了，一边赔着笑希望"金主"满意？成年人的世界里，有时候"我"的情绪"我"的意见，在现实生活面前，会变得微不足道。

这世上没有容易的人生，有无数的人，在默默地负重前行。

诚然，有时候你拼尽全力，终归还是与"容易"无缘。可是，如果现在你就放弃努力，则极有可能永远"不容易"。

现在的不容易，是为了将来的容易。成年人的世界，公平交易，无须抱怨，默默努力就好。

（摘自微信公众号"读者"，2017 年 10 月 31 日）

第一次投稿

陈忠实

背着一周的粗粮馍馍，我从乡下跑到几十里远的城里去念书。一日三餐，都是开水泡馍，不见油星儿，顶奢侈的时候是买一点儿杂拌咸菜；穿衣自然更无从讲究了，从夏到冬，单棉衣裤以及鞋袜，全部出自母亲的双手，唯有冬来防寒的一顶单帽，是出自现代化纺织机械的棉布制品。在乡村读小学的时候，似乎于此并没有什么不大良好的感觉；现在面对穿着艳丽、别致的城市学生，我无法不"顾影自卑"。说实话，由此引起的心理压抑，甚至比难以下咽的粗粮以及单薄的棉衣抵御不住的寒冷更使我难以忍受。

在这种处处使人感到困窘的生活里，我却喜欢文学了；而喜欢文学，在一般同学的眼里，往往被看作是极浪漫的人的极富浪漫色彩的事。

新来了一位语文老师，姓车，刚刚从师范学院毕业。第一次作文课，他让学生们自拟题目，想写什么就写什么。这是我以前从未遇过的新鲜事。我喜欢文学，却讨厌作文。诸如《我的家庭》《寒假（或暑假）里有意义的一件事》这些题目，从小学写到中学，我是越写越烦了，越写越找不出"有意义的一天"了。新来的车老师让我们想写什么就写什么，我有兴趣了，来劲儿了，就把过去写在小本上的两首诗翻出来，修改一番，抄到作文本上。我第一次感到了对作文的兴趣，写作文不再是活受罪。

我萌生了企盼，企盼尽快发回作文本来，我自以为那两首诗是杰出的，会让老师"震"一下的。我的作文从来没有受过老师的表扬，更没有被当作范文在全班宣读。我企盼有这样的一次机会，而且我感觉机会正朝我走来。

车老师抱着厚厚一摞作文本走上讲台，我的心无端慌乱地跳起来。然而45分钟过去，要宣读的范文宣读了，甚至连某个同学作文里 两个生动的句了也被摘引出来表扬了，那些令人发笑的错句、病句以及因为一个错别字而致使语句含义全变的笑料也被点出来，终究没有提及我的那两首诗，我的心里寂寒起来。离下课只剩下几分钟时，作文本发到我的手中。我迫不及待地翻看了车老师用红墨水写下的评语，倒有不少好话，而末尾却加上一句："以后要自己独立写作。"

我愈想愈觉得不是味儿，愈觉不是味儿愈不能忍受。况且，车老师给我的作文没有打分！我觉得受了屈辱。我拒绝了同桌以及其他同学伸手要交换看作文的要求。好容易挨到下课，我拿着作文本赶到车老师的房子门口，喊了一声："报告——"

获准进屋后，我看见车老师正在木架上的脸盆里洗手。他偏过头问："什么事？"

我扬起作文本，说："我想问问，你给我的评语是什么意思？"

车老师扔下毛巾，坐在椅子上，点燃一支烟，说："那意思很明白。"

我把作文本摊开在桌子上，指着评语末尾的那句话："这'要自己独立写作'我不明白，请你解释一下。"

"那意思很明白，就是要自己独立写作。"

"那……这诗不是我写的？是抄别人的？"

"我没有这样说。"

"可你的评语这样子写了!"

他瞅着我，冷峻的眼神里有自以为是的得意，也有对我的轻蔑和嘲弄，更混合着被冒犯了的愠怒。他喷出一口烟，终于下定决心说："也可以这么看。"

我急了："凭什么说我抄别人的？"

他冷静地说："不需要凭证。"

我气得说不出话……

他悠悠地抽烟，说："我不要凭证就可以这样说。你不可能写出这样的诗歌……"

我突然想到我的粗布衣裤的丑笨，想到我和那些上不起伙的乡村学生围蹲在开水龙头旁边时的窝囊……凭这些就瞧不起我吗？凭这些就判断我不能写出两首诗来吗？我失控了，一把从作文本上撕下那两首诗，再撕下他用红色墨水写下的评语。在要朝他摔出去的一刹那，我看见一双震怒得可怕的眼睛。我的心猛烈一颤，就把那些纸用双手一揉，塞到衣袋里去了，然后一转身，不辞而别。

我躺在集体宿舍的床板上，属于我的这一块床板是光的，没有褥子也没有床单，仅有的是头下枕着的一卷被子，晚上，我是铺一半再盖一半的。我已经做好了接受开除的思想准备。这样受罪的念书生活再加上屈辱，我已不再留恋。

晚自习开始了，我摊开了书本和作业本，却做不出一道习题来，捏着笔，盯着桌面，我不知做这些习题还有什么用。由于这件事，期末我的操行等级降到了"乙"。

打这以后，车老师的语文课上，我对于他的提问从不举手，他也不点名要我回答问题，在校园里或校外碰见时，我就远远地避开。

又一次作文课，又一次自选作文。我写下一篇小说——《桃园风波》，竟有三四千字，这是我平生写下的第一篇小说，取材于我们村子里果园入社时发生的一些事。随之又是作文评讲，车老师仍然没有提到我的作文，于好于劣都不曾提及，我心里的火死灰复燃。作文本发下来，我翻到末尾的评语栏，见连篇的好话竟然写满两页作文纸，最后的得分栏里，有一个神采飞扬的"5"，在"5"的右上方，又加了一个"+"号——这就是说，比满分还要满了！

既然有如此好的评语和如此的高分，为什么评讲时不提我一句呢？他大约意识到小视"乡下人"的难堪了，我这么猜想，心里也就膨胀了，充满了愉悦和报复后的快感——这下该可以证明前头那场是说不清的冤案了吧？

僵局继续着。

入冬后的第一场大雪是夜间降落的，校园里一片白。早操临时被取消，改为扫雪，我们班清扫西边的篮球场，雪底下竟是干燥的沙土。我正扫着，有人拍我的肩膀，我一扬头——是车老师，他笑着。在我看来，他笑得很不自然。他说："跟我到语文教研室去一下。"我心里疑虑重重：又有什么麻烦了？

走出篮球场，车老师就把一只胳膊搭到我肩上了，我的心猛地一震，慌得手足无措了。那只胳膊从我的右肩绕过脖颈，搂住我的左肩。这样一个超级亲昵友好的举动，顿时冰释了我心头的疑虑，却更使我局促不安。

走进教研室，见里面坐着两位老师，一男一女。车老师说："'二两壶''钱串子'来了。"两位老师看看我，哈哈笑了。我不知所以，脸上发烧。"二两壶"和"钱串子"是最近一次作文里我的又一篇小说中两个人物的绰号。我当时顶崇拜赵树理，他小说的人物都有外号，极有趣，我总是记不住人物的名字而能记住外号，于是我也给我故事里的人物用上外号了。

车老师从他的抽屉里取出我的作文本，告诉我，市里要搞中学生作文比赛，每个中学要选送两篇。本校已评选出两篇来，一篇是议论文，初三的一位同学写的，另一篇就是我的作文《堤》了。

啊！真是大喜过望，我不知该说什么了。

"我已经把错别字改正了，有些句子也修改了。"车老师说，"你看看，修改得合适不合适？"说着他又搂住我的肩头，搂得离他更近了，指着被他修改过的字句——征询我的意见。我连忙点头，说修改得都很合适。其实，我连一句也没听清楚。

他说："你如果同意我的修改，就把它另外抄写一遍，周六以前交给我。"

我点点头，准备走了。

他又说："我想把这篇作品投给《延河》。你知道《延河》杂志吗？我看你的字儿不太硬气，学习也忙，就由我来抄写投寄吧。"

我那时还不知道投稿，第一次听说了《延河》。多年以后，当我走进《延河》编辑部的大门并且在《延河》上发表作品的时候，我都会情不自禁地想到车老师曾为我抄写并投寄的第一篇稿。

这天傍晚，住宿的同学有的活跃在操场上，有的遛大街去了，教室里只有三五个死贪学习的女生。我破例坐在书桌前，摊开了作文本和车老师送给我的一沓稿纸，心里怎么也平静不下来。我感到愧疚，想哭，却又说不清是什么情绪。

第二天的语文课，车老师的课前提问一提出，我就举起了左手——为了我可憎的狭隘而举起了忏悔的手，向车老师投诚……他一眼就看见了，欣喜地指定我回答。我站起来后，却说不出话来，喉头像塞了棉花似的。主动举手而又回答不出来，后排的同学哄笑起来，我窘急中涌出眼泪来……

我上到初三时，转学了。暑假办理转学手续时，车老师探家尚未回校。后来，当我再探问车老师的所在时，只听说他早调回甘肃了。当我在报纸上发表处女作的时候，我想到了车老师，觉得应该寄一份报纸给他，去慰藉被我冒犯过的那颗美好的心！当我的第一本小说集出版，我在开列给朋友们赠书的名单时又想到车老师，终不得音讯，这债就依然拖欠着。

经过多少年，不知我的车老师尚在人间否？我却忘不了那淳厚的陇东口音……

（摘自时代文艺出版社《生命对我足够深情》一书）

宁愿躲在角落痛哭，也绝不在人前服输

这么远那么近

小路是我的大学同学，如果不是他给我打电话，我都不知道他留在了北京。

在电话里他支支吾吾许久，说想请我帮忙。我以为他要借钱，后来他说能不能帮他找一份工作。

过了几天我和他见面，发现虽然多年不见，他依然没什么变化，只是沧桑了一些，我问他在北京怎么样，他微微一笑，不咋样。

聊起工作，小路的话多了起来。他说自己遇到了一个黑心公司，好几个月没发工资。

小路在一家新媒体公司工作，老板比他小几岁，是个网红，每天开直播赚钱，然后雇佣一批人做商务。他说，之所以应聘，是觉得工作压力不会太大，而且自己也有兴趣。

可没想到，公司的管理一塌糊涂。说是公司，还不如作坊，就是在宿舍区租

了一套两居室，四五个人合用一张办公桌，每天到处拉广告和赞助，甚至还要装扮成粉丝在老板直播时刷礼物。

小路气愤地说，让我们先用自己的钱充值给她刷礼物，之后报销，但只报销过一次就再没有下文了。

后来，公司又开始拖欠工资，三月至今分文没有。公司同事都在问什么时候发工资，老板总说现在没钱，一有钱就安排。

可是，老板的网红生活过得风生水起。她不常在公司露面，每天出入各种高档场所，要不就出国旅行，拍各种照片发微博朋友圈，用自己的高消来吸引粉丝注意。

小路说，公司的钱肯定都被她败光了，我们半年没有工资，能走的同事都走了，我上个月也刚刚离职，拖欠的工资一分都没要回来。

我惊讶地问，难道就不能举报投诉？没人管吗？

小路无奈地说，当初签合同时有漏洞，有同事想打官司，一打听要浪费那么多时间和钱，也就作罢了，折腾不起。

沉默了良久，小路说，我自己面试了几家公司都不太满意，如果不是没办法，我是不会麻烦你的，你知道北漂有多辛苦，所以……

他小心翼翼地看了我一眼，我问，你家人知道这件事吗？

他摇摇头，怎么会告诉家人呢？我一直都说自己过得很好，赚得也多，让他们放心。

八月份时嘉嘉给我打电话，问我什么时候回太原，她回来过暑假，好多年没见，正好可以约一下。

嘉嘉是我当年在太原工作时的同事，小姑娘特别可爱。个子小小的，脸圆嘟嘟的，说话总爱嘟嘴，像是我的小妹妹，一副少不更事的单纯模样。

在我停薪留职没多久后，听说嘉嘉也办理了离职，准备出国留学。这让我很吃惊，没想到一向跟着大家玩的小屁孩，竟然也有自己的主意。

那时嘉嘉对我的惊讶不屑一顾,什么小屁孩,我其实和你同岁好吗?

八月底我在家见到了嘉嘉,她当初的一头短发已经变成长发,身形苗条了不少,但依然喜欢卖萌和逗乐,见到我就尖叫地往我怀里扑,大声喊着我可想死你啦!

几个老同事聚在一起喝酒,嘉嘉兴致特别好,一杯一杯灌自己酒,我赶忙阻拦,她满不在乎,说自己现在酒量特别好,练出来了。

后来我送她回家,她依然喋喋不休地和我讲在国外的有趣见闻,说自己靠着打工赚钱假期出去旅行,去了荷兰、去了新西兰、去了冰岛,还打算明年去南极。

我突然想起什么,问她,你出国不过两三年,怎么突然酒量这么好?千杯不醉啊。

嘉嘉看我一眼,打工的地方在酒吧,我当服务生,总有客人灌我酒,慢慢就练出来了呗。

我惊讶地问,你去酒吧打工?你这个小姑娘就不怕老外占便宜?

嘉嘉笑一下,那倒是没有,只是老板不是特别 nice,每天像是盯贼一样看着我,也总是随意克扣工资,要不是赚得多,我早就走了。

不知是酒劲上头,还是想起什么往事,嘉嘉的眼泪唰地就流了下来,她赶紧随意擦了一下,哎呀对不起,我又矫情了,我已经好久不哭了,出国之后我就再没有哭过。

一时间我有些晃神,要知道当时在公司,嘉嘉因为其他男生和她开个玩笑,都能哭半个下午。

我低低地说,出国在外这几年,你真是辛苦了。

嘉嘉简单嗯了一声,她的脸隐藏在车子的黑暗阴影里,看不到表情。

上周和同事小贺出差,到香港去见客户。小贺表现得格外积极,到敬酒的时候都是他冲在前面,还主动帮我揽下各种跑腿的工作,说自己没来过香港,正好到处逛逛。

我十分讶异他的这种积极，小贺和我同事几年，从未见过他对工作这么上心，他之前也总说自己没有上进心，能有活干有钱赚就知足了。

我的这点疑惑在到香港的第三个晚上就有了解答。

那天我们临时换去客户安排的酒店入住，匆忙间，小贺的背包落在了我的房间，没有拉上拉链，我从滑落出的纸袋上看到了香港几家医院的介绍资料。

晚上我无意向他提起此事，他先是瞪着眼睛看了我一会儿，然后才艰难开口，原来在香港这几天，他每天早出晚归，都是去几家大医院问诊。

他说，自己的母亲得了癌症，想看看香港有什么好的治疗办法，于是就拿着母亲的各种片子趁着工作间隙去医院找专家。

我一时不知道说什么，只轻轻责怪一句，这种事你应该让我知道啊，我也好帮助你什么的。

他苦笑一下，没事的，只是……唉……一言难尽。

过了许久，小贺才陆陆续续和我谈起他的家事。他的家庭并不富裕，父母辛苦一辈子，好容易他站稳脚跟，还没享几天清福，母亲就病倒了。

在老家住院化疗已经花光了所有的积蓄，小贺的所有信用卡都已透支。为了凑钱，他近半年都一直在接私活做方案，每天熬夜到凌晨，但也无法填补家里的开支漏洞。

他说，我去向亲戚朋友借钱，可他们都说没钱，像看怪物一样看我，好像我能把他们吃了一样，甚至还有个亲戚把我臭骂一顿。从那之后，我就知道靠人不如靠己，出了事情只能自己扛着。我拼命工作和兼职，给我妈请了保姆，带她来北京看病，一定要把我妈的病治好。

看着小贺涨红了的脸，我不知道该怎么安慰他。最后说，如果有什么困难，就和我说，我帮你。

小贺笑了一下，没事，我还扛得住，之后如果实在没办法，再麻烦你。

但我心里很明白，小贺这种不同寻常的坚定，是不可能开口的，他宁愿逼着自己去拼命，也不想再从别人那里得到同情。

我一时无言，转头望向香港繁华街道上的行人，他们的身上，应该也有着各种不为外人所知的艰难。

或许，成年人的世界就是这样吧，每个人脸上都带着笑，带着冷漠，带着疏离感，看似坚定，看似百毒不侵，但在他们的心里，总有一段无法启齿的艰难往事。

在外漂泊的人，每个人都有自己的苦涩，也有自己的难言之隐。

很多时候，我们除了内心的那点骄傲和坚持，几乎一无所有。

我们也明白，这个世界不会随时都为自己让路，有时它就是让你必须死磕到底，你必须自己学会长大，必须明白这世界没有你想象中那般美好。

小路说，有时候想想在外打拼到底为了什么，到头来还是一场空，不知道有什么意思。

嘉嘉说，很多次我都想退学，干脆回国吧，干吗总是和自己过不去呢，又过得不开心。

小贺说，我痛恨没钱的滋味，也痛恨自己的无能为力，我不怪别人冷漠，只怪自己无能。

你也是那个在遇到艰难时想过要退缩的人吧，你也是那个埋怨世界责怪自己的人吧，你也是那个想一了百了干脆放弃的人吧。但是，你也是那个嘴上说着放弃，但内心想再硬撑一下的人吧。

撑得久了，就不敢再说放弃，撑得久了，害怕稍微一泄气就会满盘皆输，撑得久了，就以为自己真的可以刀枪不入。

但你心里很明白，你不想这样子，你不想硬撑，你只是没办法。

没办法对这个世界妥协，因为必须更好地活着才能对得起自己；没办法对不满的事情逆来顺受，因为内心总有一个声音说要坚定无畏；没办法张口寻求帮助、依赖别人，因为没有人会随时为你挺身而出。

只有自己，你只有自己。这是我们无数次告诉自己的话。

我们只有那个狠下心、不被失败击垮，也不让脆弱侵蚀的自己啊。

有句话说：无论你昨夜经历了怎样的泣不成声，早晨醒来的时候，这座城市依然车水马龙。

无论你在那些突如其来的艰难到来时如何咬紧牙关，总会在某一个瞬间觉得难以抵挡，但你宁愿躲在角落里痛哭，也绝不在人前服输。

因为，我们都靠着那份想要赢一次的心情，倔强地活在这座城市里，哪怕它不如自己的期待，哪怕它看似冷漠无情。

我不想安慰你要坚强要挺住，更不愿意说你可以有软弱的权利，我只想告诉你，再忍一下，再撑一下，因为我也明白，除此之外，别无他法。

只是别对自己失望，别对这个世界失望，别对人情失望，我知道你一个人活着很难，但内心里失去了希望和热爱会更难，别让自己也变得冷漠。

或许我们最终都不会千帆历尽归来仍是少年模样，毕竟岁月沧桑难以抵挡，但我希望你永远都在光明的地方，与自由相伴，充满对前方的渴望。

做一个随时和这个世界死磕的人。做一个哪怕死磕也知道自己依然前行在路上的人。

（摘自人民网 2017 年 11 月 10 日）

跑步，让他拥有了不同的人生

你可能见过他，在重庆市万州区第五人民医院门口，每天早上，他都单腿立在这儿，经营着一个小小的早餐摊。一站就是3小时，他总是笑容可掬。

但你肯定不知道，他7岁才学爬，14岁才能单腿蹦。26岁时，他单腿蹦着完成了北京全程马拉松。

他就是重庆万州人熊军，天生脑瘫，却天生不屈。

7年，从学会爬到学会蹦

"蹦跑"的青年，曾经连爬都是奢望。

熊军出生后两三个月，父母发现他有点不正常，去了大医院检查，诊断为天生脑瘫，活着也是个植物人。

"亲戚朋友都劝他们放弃，医生也建议不要治了，但是父母没有放弃我。"熊军说，家里再艰苦，也花钱为他治疗，父母的坚持让他 6 岁时终于开始牙牙学语。

"虽然脚不能走，嘴不能说，但我很清楚自己给家里带来多大的负担。7 岁的时候我咬过舌头，割过手腕，想一了百了。我妈发现后，对我一顿痛打，然后抱着我伤心地哭。"

熊军说："我决定不再让母亲伤心，我走不了，但我可以学爬。"

他在田坎上爬，在院子里爬，在公路边爬。

熊军 10 岁时，妹妹开始上小学。由于熊军行动不便，生活不能自理，学校不愿意收他入学，他就趴在妹妹教室外"蹭学"，一趴就是一天。

慢慢的，熊军能自己爬着上学。从家到学校 5 公里的路，无论刮风下雨，熊军每天都坚持爬到学校。

爬行的日子里，有人帮助过他，有人嘲笑过他，有人欺负过他。但是家人不离不弃，熊军知道要争口气，他开始学站。

爬起来摔倒，摔倒了再爬起来，意志和现实艰难地磨合。今天牙磕断、明天手摔断，擦伤划伤更是家常便饭。无数次尝试之后，他终于站了起来，还能蹦跳着走几步。

"这辈子，我记忆最深的就是站起来的那一天。我和我妈在被窝里哭了一晚上。"熊军说。

用了 7 年时间，熊军完成了从"爬"到"走"。妹妹读初中的时候，他已经能从这座山蹦到那座山。

中专毕业后，熊军几经周折，到浙江温州开了一个水果店。他曾以为自己的人生就这样了。但是一个突然而来的契机，又一次改变了他的人生。

2011 年，温州举行"万人万米健身跑"活动。这个消息惊醒了熊军，他想用跑步证明自己不是"废人"，想让大家知道父母当初的坚持是对的。

报名并不顺利，主办方不同意。但熊军不想放弃。

"我在报名现场站了三天两夜，胸口上挂了一个牌子，写着'我要跑步'。"熊军说，自己锲而不舍的精神感动了主办方，让他拿到一个跑号。

虽然拿的是 5 公里的参赛资格，但熊军用 1 个多小时的时间，完成了 10 公里全程的比赛。到达终点时，熊军仰天大吼。回家后，他却只是轻松地跟妈妈说了一句："妈，我今天去跑步了，跑赢了。"

这件事被媒体报道后，很多人都到水果店里跟他合影、交流，熊军也因此结识了很多"跑友"。

通过和"跑友"的交流，熊军学到更多的跑步知识，让他对跑步有了更深的理解与更高的追求。之后，"跑友"给他报名参加了 2012 年杭州马拉松，还资助他路费和住宿费。

"人家是跑马拉松，我是单腿'蹦马'，消耗的体力是人家的几倍。但是，我真正意义上参加了第一场马拉松，还'跑'完了半程。"熊军说，在"蹦"的过程中，很多参赛运动员都对他竖起大拇指；有的还会牺牲成绩，放慢速度跟他一起跑；有的则会扶他一把，给他递水、擦汗。

沿线几乎每个人都在为他呐喊、加油。这样的场景，让熊军觉得自己所有的努力都是值得的。

2013 年，北京马拉松。宽阔的长安街，雄伟的天安门，梦中的地方出现在眼前，熊军越"蹦"越兴奋，脑海里只有"蹦！蹦！蹦！"最终，他用时 5 小时 57 分钟完成了全程。

到达终点的一瞬间，他再也坚持不住了，瘫倒在地上。缓过气来，他哭着给妈妈打了个电话："妈妈，我'跑'完了全程。"

5 年多时间里，杭州马拉松、西昌马拉松、天津马拉松、重庆马拉松……33 场马拉松，熊军越"蹦"越快，越"蹦"越远。

以后，要带动更多人一起跑

名气大了，熊军接到很多残疾人打来的电话。熊军的事迹和精神，给了他们很大的鼓励。

"既然我的事迹能鼓励残疾人自立自强，那我就要主动帮助更多的残疾人。"熊军找到了人生的另一层意义，"我的人生，就是一场单腿的马拉松。我要跑得好，也要帮助更多和我一样的人，不幸的人，我们要一起跑。"

2013年，在河北秦皇岛参加完马拉松比赛，熊军见到了残疾人网友章辉（化名）。一场意外让年仅30岁的章辉坐在了轮椅上。无法接受现实的章辉，脾气变得暴躁，在家经常砸东西发泄。他总觉得命运不公，还觉得家里人也嫌弃他。

熊军诚恳地跟章辉聊天，跟章辉讲自己的故事、自己的想法。一次见面、多次网聊，章辉逐渐走出了阴影。

熊军说："我曾经是一个被宣判了'死刑'的人，是马拉松让我活得精彩，我要以马拉松般的坚持回报社会。"

现在，熊军和两名残疾人朋友在重庆成立了一个小工作室。他们谋划着为当地的残疾人开通一个电商通道，组织残疾人在众创空间内学习一些简单的手艺。

有人说爱情像长跑，起初缓慢充满期待，中途艰苦总想放弃，最后冲刺看见幸福曙光。而熊军的长跑更像爱情，从最初的求而不得盼望拥有，到最后的长相厮守彼此相伴。跑步，让他拥有了不同的人生。

（摘自2017年11月15日《人民日报》）

你见过最厉害的人是什么样的

佚 名

对于影视人来说，最厉害的人就是横店集团掌门人徐文荣徐老爷子。

一个以一己之力将中国电视电影事业向前推进了十年的人！

浙江横店，一个户籍人口只有 8.9 万的小镇，每天有超过 10 个剧组在这里取景拍摄，每年三分之二的国产古装剧在这里完成。美国《好莱坞》杂志将它称为"中国的好莱坞"，而仅论规模，它比好莱坞还大。一手打造出这个世界级影城的，是 80 多岁、至今仍以农民自居的徐文荣。

从 1996 年为谢晋的《鸦片战争》搭第一个影视拍摄基地，到在"争议"中投入 300 亿修建"圆明新园"，60 多岁、在别人"你没有文化"的质疑中"非要做文化"的徐文荣，在应该退休的年纪，让一个不起眼的乡村，变成了与美国好莱坞齐名的影视文化旅游重镇。就连马云进入影视圈，也得先找他"拜码头"。

被货郎挑进横店

虽然一辈子的事业都离不开横店，但严格来说，徐文荣并不是一个纯粹的横店人。

徐文荣 1935 年出生于浙江东阳的新东村，他 3 岁时，家里决定南迁横店。妈妈和哥哥姐姐们轮流抱着徐文荣搬家，抱一会、歇一会，最后找了个货郎帮忙将他挑进了横店。

徐文荣的童年在穷苦和自卑中度过。一家七口人的生活靠父亲做点小生意维持，兵荒马乱的年代没有稳定的收入来源，家中常常揭不开锅。

父亲挑着担子走街串巷卖糖饧，年幼的徐文荣拿着一个口袋、一杆秤跟在后面，换来的稻谷由他来背。

糖饧，通俗叫红糖米糕，只在每年夏天才吃得着，主要是由大米、蔗糖、水三种原料经过多道工序制作而成，其味道清凉、甜美，是浙江中部永康、义乌、东阳、磐安等地有名的夏季地方特色美食。

他的邻居做火腿生意，两家人时常走动。一次赶上火腿腌晒的季节，院里一排排火腿在太阳底下晒着，油一滴滴往下淌。母亲见状，趁着跟女主人讲话的空档，让徐文荣赶紧回家拿空碗来接油，然后拿回家炒菜做饭吃。

"我顶着太阳、举着碗，在一排排火腿架子下钻来钻去。那时候虽然还小没有上学，但是心里非常伤心。"徐文荣回忆说。因为家境贫寒，他经常得帮忙干活，并因此被同龄人嘲笑，自卑的情绪就此蔓延。

后来，徐文荣自卑到不愿出门，因为一家大染坊主的儿子见面就嘲笑他。时间一长，自尊心极强的徐文荣坚定了一个想法："苦难不解决，人生一世，活着没什么意义。"

1950 年抗美援朝，全国各地积极响应。迫切要走出贫穷和自卑的徐文荣未满 16 周岁，但也偷偷报了名。他侥幸过了初审，却因"全连个头最矮"被带兵军官退回原籍。

　　回到原籍的徐文荣由此开始了在横店的打拼。他先是在公社里当了 7 年的"小干部"，后来辞职跟着父亲做游商，倒腾一些小买卖。这段经历激发了徐文荣自己做生意的想法。

　　20 世纪 60 年代，他发现地广人稀的安文山区种玉米肥料奇缺，他听说有一种比尿素肥力还高的农家肥"马桶砂"（大粪积在马桶壁上的固状结晶体）。凭借信息优势，徐文荣向公社提出"以肥料换粮食"，得到对方同意后，他数次北上上海，挨家挨户收"马桶砂"，收集了 1500 多斤"马桶砂"，运回来交换了 1000 多斤玉米，赚了 1200 多元钱。除留少量给家里应急外，大部分粮食分给了横店的低产户们。不过，这样的做法令旁人眼红，他也落上了"投机倒把"的罪名，经多方协调才算通融过去。

　　此后，他又做起了用废铅提炼真铅的生意。他凭借着当时的土风箱和铁炉，一路收购到了上海，还用赚来的钱坐了飞机，成了当地的大人物。

　　曾经备受嘲笑和奚落的穷小子，转身赢得了横店人的广泛信任，1966 年，徐文荣成为横店大队党支部书记，他的传奇故事正式拉开序幕。

论本事可以做皇帝，论错误可以枪毙

　　徐文荣敢为人先的性格，日后被他所做的事情一再印证——他涉足在当时即便大企业也不敢轻易进入的磁性材料领域，继而将版图扩展至医药、汽车、草业等领域。

　　在徐文荣的创业史上，"敢为人先"为他落下"不服管"和"猖狂"的名声。20 世纪 80 年代早期，当地一位乡党委副书记曾公开说，我们乡里有个人，论本事可以做皇帝，论错误可以枪毙。

　　这个乡干部眼里"可以枪毙"的人，后来靠着"敢为人先"成了市长的座上宾，更一手主导了横店的经济腾飞。

　　横店集团的萌芽始于徐文荣创办东阳横店丝厂，据《徐文荣口述风雨人生》

一书记述，1975 年 4 月 18 日，在徐文荣多次跑到省里催问后，东阳横店丝厂的批文终于发了下来。

企业创办资质有了，钱从哪儿来却成了大问题。思前想后，徐文荣想到了一个如今被说滥的手段——众筹。他来回游说于全公社 39 个大队，最终筹集了 50254 元的三年无息借款。然而，这笔钱对于丝厂而言只是杯水车薪，不得已之下，徐文荣只好去求银行。

为了能从银行借到钱，徐文荣几乎"钉"在了行长家门口，他使尽了各种方法做"公关"。最终，他从银行拿到了 26 万元的贷款，丝厂的启动资金终于有了着落。

丝厂投产是横店走向规模经济的起点。徐文荣不是个墨守成规的人，总能抓住大势，跟着潮流走，他将之形容为"个人的命运，总是同国家的命运紧紧联系在一起的"。

借助国家政策东风，徐文荣将丝厂升级为现代化的轻纺和针织厂，随即又涉足当时即便是大企业也不敢轻易进入的磁性材料领域。此后，他又带领横店将商业版图扩展至医药、化工、汽车等领域。

改革开放之初，横店已经成了中国乡镇企业的标杆，受到经济、社会学家的瞩目。1988 年，社会学家费孝通专程考察横店，总结称：苏南以集体经济为主，温州以个体私营经济为主，横店模式则是两者的结合。

在横店模式中，徐文荣不断开拓新的经济增长点，将横店打造成了年营收近 500 亿的超级乡镇企业。他先后参与创办了 700 多家公司，电气、电子、医药、化工是其中的"大头"，而给他带来巨大声名的横店影视城，产值只占横店产业的 10%左右，仅仅是冰山一角。

"你这点文化，做什么文化产业"

徐文荣杀入影视文化领域，源自一个让他颇为苦恼的现象：横店人富裕起来之后，却缺乏娱乐休闲的地方，外来的人才也很难留住。"那时，我就想把横店装修一下，装修的材料就是文化。"

做文化产业需要政策的支持，徐文荣为此天天往省里跑，一位副省长对于他不断登门拜访的行为不胜其烦，说："你真是走火入魔，你要做工业我们支持你，你这点文化，做什么文化产业？"

徐文荣较上劲了，非要搞文化，反正他已经有了钱，别人也"拦不住他"。他的"执拗"给横店带来了新的蜕变。起初，徐文荣建影剧院、体育馆、歌舞厅、文化村，这些文化设施虽然常见，但在横店还很新鲜，很快在乡民中引发轰动。之后，徐文荣又趁热打铁，搞了神话荟萃、封神宫等建筑。

起初，徐文荣投建文化产业的目的是让横店更多彩、更有活力，但小项目做多了之后，他意识到文化产业同样很有经济潜力，到影剧院、歌舞厅消费的乡民们络绎不绝。徐文荣想：这样"自产自销"的生意不成气候，如果能依靠文化产业吸引外面的人来消费，那一定是个大买卖。

徐文荣想将文化产业当做一门生意来经营，但很长时间内他都不得要领，直到已故著名导演谢晋找上门来。

1996 年，谢晋为香港回归献礼，准备拍摄大片《鸦片战争》。他在全国各地选景，第一站选择了广州，但广州已是高楼林立，并不合适。

跑了多个城市和景点，谢晋还是没能找到合适的地方。最后，"病急乱投医"的他回了原籍地浙江，考察了正在搞文化产业的横店。

谢晋在横店见到了徐文荣，两人的见面情景很有意思。"没文化"的徐文荣不怎么看电影，也不认识谢晋。旁边人给他介绍说："这是谢晋。"徐文荣听后一脸茫然。

"你是干什么的？"

"我是拍电影的。"

"你拍过什么电影？"……

虽然不了解谢晋，也不了解电影，但是一番沟通过后，在商海翻云覆雨数十载的徐文荣立马意识到，这是横店做大文化产业的一次千载难逢的机会。

第一天徐文荣和谢晋签了协议，第二天看现场，第三天就炸掉了三座山。徐文荣以 3 个月为期限接下了谢晋建"南粤广州街"的单子，包括 120 栋房子、一条珠江、一座塔。他派了 120 支工程队同时进山，每支队造一栋房子，白天晚上、下雨下雪不停工。为了解决仿旧建材紧缺的问题，他们甚至买了从坟墓中拆下来的旧石板铺路，找工厂用柴火烧制旧瓦。

3 个月后，建筑面积达 6 万多平方米的"19 世纪南粤广州街"拍摄基地落成，这是横店影视城的开端。

《鸦片战争》一炮打响后，影视圈的导演都知道了浙江横店和横店的徐文荣。正在筹划《荆轲刺秦王》的陈凯歌也慕名前来。当时，这部电影的美工师已经就秦王宫设计了 3 年，但受困于场地和资金，这项工程始终没有落实。

陈凯歌和徐文荣商谈后，后者决定拿出 1 亿元，炸掉 5 座山，来支持这部电影。预定 1 年建成的秦王宫，8 个月就建成了。建好当天，电影的美工师激动得大哭了一场。

这两次合作坚定了徐文荣将文化产业做成横店招牌的念头，此后的时间里，他相继投资 30 亿元，打造了明清宫苑、梦幻谷、大智禅寺、屏岩洞府、华夏文化园等 13 个影视基地。据此建立了文化、旅游相结合，可持续的横店新模式。

请你免费拍电影

横店在影视文化圈的名头越来越响，徐文荣却做出了一个令所有人瞠目的决定——任何剧组到横店拍戏一律免费。当时，集团的成员大多持反对意见，但徐文荣坚持己见："影视城一建起来，至少有 1∶5 的带动效应。"

徐文荣算的是另外一笔账：除了门票，拍戏的人住在横店一年得消费多少钱？他有个老邻居叫王大良，老夫妻 4 间房子，每年靠房租就能收入 32 万。而房租，只是横店影视经济中的一环。

因为坚持免费，初期横店影视基地每年的运营亏损高达 2000 万，但徐文荣的前瞻和眼光却给整个横店带来了 10 亿级别的利润。2010 年的统计显示，是年，横店影视城帮助当地居民增收 30 亿。

高举免费大旗后，不计其数的剧组涌向横店，大量演员毕业直奔横店，由此诞生了一个新名词——横漂。张艺谋的《满城尽带黄金甲》来了，李连杰的《功夫之王》来了，甚至好莱坞的《木乃伊 3》也找上门来。

坚持免费的同时，徐文荣还在"客户服务"上精益求精。张纪中拍摄新版《鹿鼎记》期间，认为清宫苑有点"寒酸"。徐文荣闻言后二话不说，掏出 100 万做了一套红木家具，瞬间让皇宫金碧辉煌。"老徐"有求必应的作风因此很快在影视圈传开。

剧组选择横店，游客们也蜂拥而至。为了留下游客，徐文荣又着手打造了横店的表演秀。《梦幻太极》《神往华夏》《梦回秦汉》等 20 多台大型演艺秀在横店轮番"轰炸"，白天看明星、晚上看表演已经成为横店影视城的常态。

从 1996 年接待游客 23 万，到近几年突破千万级别，横店累计接待游客已经过亿。

2004 年初，横店被国家广电总局确立为中国首个国家级影视产业实验区；6 年之后，国家旅游局正式授予横店影视城为国家 5A 级旅游景区。

徐文荣在文化产业上的最大贡献，并不是为国家添设了一处新的 5A 级景区，而是大幅削减了影视的投资，让整个产业得以迅速发展。《华尔街日报》分析认为，低成本是横店影视城和中国影视共同繁荣的根基。比如在故宫中拍戏，一天只能拍 3 小时，耗资得 30 万。而横店的"仿故宫"则完全免费且没有时间限制。

一位影视投资人说："没有横店，中国电影至少倒退 10 年。"邓文迪也曾评价横店："布景很漂亮，而且便宜，这个价格在美国根本造不出来。"

横店创造了远低于行业的成本，也缔造世界最大的影视基地规模，其占地面积相当于 1410 个足球场，比美国的环球影城和派拉蒙影城二者之和还要大。1996 年至今，这里出产了 1300 多部影视剧，用掉的电影胶片连起来可以从北京拉到上海。

在横店街头随便一个小店里吃饭，都能听到隔壁桌眉飞色舞地讲，"上次跟刘德华一起演戏，我饰演的角色一次就通过了。""最近我演的角色是有台词的……"

300 亿复活圆明园

2001 年，徐文荣宣布退休。彼时，横店影视城已经是中国唯一的"国家级影视产业实验区"、全球规模最大的影视拍摄基地。

但是，忙碌了一辈子的徐文荣并不习惯颐养天年的生活。2004 年，69 岁的他决定重新出山，将"全球最大影视基地"的规模推向新的高度。

回归之际，徐文荣提出了一项前所未有的计划："复活"圆明园。这个念头很早就有，但因为工程量太大，一直没有落成。"很多影视界的朋友希望我们建一部分圆明园的景，特别是西洋楼。但是地理环境和财力都不足以支撑这项工程，所以只做了规划，没有投建。"徐文荣说。

这个计划搁置了很长时间，直到徐文荣读了一本书。法国作家伯纳·布立赛出版了名为《1860：圆明园大劫难》的书，法国前总统德斯坦为这本书的中文版写了序，其中写道："我们有我们所称的'记忆'责任，这意味着必须承认和不忘记过去的错误与罪行，不论它们是他人还是自己所犯的。"

这本书给了徐文荣极大的触动。"我想圆明园被洗劫，这是中国的耻辱，现在，法国人都承认错误了，我们为什么不能重建起圆明园呢？我要建的圆明新园，是要让现在的孩子们认识到我们祖先的智慧和创造力，让各国的朋友见识中华民族的文化瑰宝，在这个基础上让人们认识到和平的重要性，化伤痛为对和平的向往。"

徐文荣找到时任东阳市委书记作汇报，领导听后当即拍板："这个事如果做成了，是了不起的大事，会轰动世界，能办就一定要办起来。"

"我要在有生之年完成这件事。"徐文荣说。这之后，建成圆明新园成了他

"此生最后一个夙愿"。

"如果中国不能造，那我去国外造。"

2008 年 2 月 18 日，73 岁的徐文荣出现在北京的新闻发布会上，宣布将在横店投资 200 亿建设圆明新园。其中，130 亿元用于文物回收和复制，70 亿元属于建设资金。

发布会后，徐文荣站在了舆论的风口浪尖。有人说他纯粹是"商业炒作"，有人说他"劳民伤财"，甚至还有人骂他是"商人沾满铜臭味的破坏"……建园之事长期争议不断。

负面评价外，圆明新园也一度遭遇政策难题。但徐文荣还像以前一样认准了目标就一往无前。他对外说："如果在浙江不能造，那我到外省去建；如果中国不能造，那我去国外造。"

"我的伤感与遗憾，就是那些明明能给老百姓带来好处的事情为什么不让你做。"徐文荣说。

他的坚持最终为横店带来了新的地标。2015 年 5 月 10 日，占地 6200 多亩、实际投资 300 亿，按 1：1 比例复建北京圆明园 95% 建筑群的"圆明新园"正式开园。这项工程，为横店创造了 35000 个工作岗位。

开园当天，有人问徐文荣：你 60 岁已经功成名就了，非要转型做文化产业，如果对 20 年前的徐文荣说一句话，你会讲什么？

"徐文荣永远是穷人，本质还是一个农民。"他回答说。

这个"穷人"和"农民"，引领横店创造了裨益当地数代人的产业集团，在横店人看来，徐文荣是领袖，甚至是神话。有人称：当地有座八面山，山顶水源丰沛，传说是因为山下藏着一头金水牛，只有拿放了 3000 年的"陈稻草"才能牵出，而徐文荣就是牵出金水牛的那个人。

（摘自知乎网 2017 年 9 月 12 日）

梦想与面包的抉择

吴淡如

"吴小姐，不是我无理取闹，但我的不幸，唉，都算是你造成的。"演讲会后，有一位少妇模样的女子走过来，对我这么说。一时之间，我有些恍惚……

"是这样的，我先生是你的读者，他……本来是上班族，忽然有一天，他辞了职，说他要追求自己的梦想，要跟你一样，去做自己想做的事，追求自己的人生。"

"结果呢?"

她说："到现在为止，他已经失业两年了，本来还积极开发自己的兴趣，会去上摄影、素描等课程，后来也没看他上出什么心得、培养出什么专长来，也看不出他的梦想到底在哪里。现在，我只看见他每天上网和网友聊天，约喝下午茶，唱 KTV，动不动混到三更半夜……家里只靠我支撑。我也是个明理的人，怕一说他，伤了他大男人的自尊心，或者成为阻碍他梦想的杀手。我想他这样下去，只能跟社会与家人之间脱节得愈来愈严重,我该怎么办?"说完,又重重地叹了一口气。

她的问题还真棘手,在她叹气的那一刹那,沉重的罪恶感压在我身上。我想,我不是完全没错。

我常在签名时写上"有梦就追"4个字。对我来说,有梦就追,及时地追,是我的生活态度。我总希望,在人生有限的时光中,我们的缺憾可以少一点,成就感和幸福感可以多一点。错就错在我对"有梦就追"这几个字,解释得不够多。"有梦就追",在实行上有它的复杂性,特别是在梦想与面包冲突的时候。

追求梦想,总是能让一颗心发亮。然而梦想与面包之间,自古以来常有些矛盾存在。

我认识几个很会画画的朋友,本来在待遇不错的报社、广告公司工作,后来都决定离开上班族的轨道,回去当画家。这时,我绝不会用"画画是不能当饭吃的"来泼他们冷水,也都会祝福他们:"有梦就追。"事实证明,他们都能用自己的天分画出一番天地来。

我不认为梦想与面包一定相违背,本来只想追求梦想,但后来以梦想赢得面包的人,大有人在。

当然,有时候我们是在和现实赌博,总还得靠点运气。运气不好的,可能像梵·高,生前连一张画都卖不掉,忧郁而终。

不,梵·高不算是运气不好的,他好歹还有身后名,而且是响响亮亮的身后名,这可不是每个艺术创作者都能享有的好牌位。还有数不清的画家,一样用了一辈子力气来画画,生前潦倒,死后也没在艺术史上占个小位子,根本被彻底地遗忘。

追梦本身是个赌博,但也不是单纯的赌博。你的才华愈高、想法愈周全、技术愈无懈可击、经验愈丰富、付出的努力愈多,或者人缘愈好,赢的几率就愈大。

每个人胜出的几率并不一样。

值不值得,就只有自己能判断了。赢了,通常还得感激许多懂得赏识自己的人，而输了，则没有任何理由可以怨天尤人。无论如何，我肯定人们追求梦想的决心，因为我们这一辈子，总该做些自己觉得值得的事，尽管旁人也许会发出一些"关心"的杂音来阻碍追梦者的意志，但自己的人生总得自己负责。问题在于，到底你追寻的是梦，是理想，还是只是白日梦？

我不是没有泼过别人冷水，因为每个人情况不同。

"你认为我应该辞职做个专业作家吗？"曾有位银行职员这么问我，"我想在家里写写稿子就好，印书就好像在印钞票，比我现在在银行当过路财神好。"

"你立志从事写作多少年？开始写了吗？"我问。

"我现在太忙了，我打算辞职再开始写。"他说，"我以前作文写得还不错，被老师称赞过。"

"我想，你最好考虑考虑。"我忍不住说，"因为，写作不像你想象得这么简单。"我钦佩那些肯定自己的梦想后决定辞职的追梦人，却很怕那些辞了职才想试探自己的梦想的妄想者。后者因为想得太简单、做事太草率，实现梦想的可能性实在太小了。

如果真的热爱写作，不必等辞职才写。等辞职才写或等辞职才想学某项专长的人，99%是在找借口逃离某个人生关卡，并不是真心追梦。这样的人，梦想失落后只会变得愤世嫉俗；花太多时间愤世嫉俗的下场，就是一事无成。

字人人会写，所以大家会觉得写作比较容易。这么打比方更好懂，我们总不可能因为梦想当小提琴家，辞职后才开始学小提琴吧。那位转任摄影师还算成功的电子新贵，在他每年领巨额红利时，摄影作品早有独特风格。变成画家的朋友，在做上班族时，本来就画得一手好画。

成功开咖啡厅或餐厅的转行者，也都不是在开店前才学经营须知，才上烹饪班恶补的。他们早已花了经年累月的时间考察和尝试，像神农氏尝百草一样兢兢业业。没有任何成功追求梦想的人，是在"一念之间"成功的。

一念之间以前，不知已经累积了多少智慧与能力。多数人一下班回家，在看电视、睡觉、打电话聊天的时候，这些真正的追梦人为了日后有源头活水喝，还在花力气为自己掘井呢。我们只算计到他成功后可以得到多少面包，却粗心地忽略了他们滴下的汗水。

我从不认为辞职才能追梦，全心全意才能培养专长。以我自己当例子吧，其实我从没有想变成专业作家，多年来我一直有一份可以赖以生活的工作。这是因为过去常有长辈劝我"作家不能当饭吃"，所以我决定，即使靠写作换不了任何面包，我也一样会写下去，为了要养活自己，得有一份固定薪水才行。

到现在我还是认为，不靠写作谋生，就不需要摇尾巴讨好任何人，我才能真正地畅所欲言，写出我心中真实的声音。

追梦是一种过程，也是一种必须逐渐建立的生活习惯，也是一种"活在当下"的感觉。谁说你要放弃一切才能追梦？也别再怨梦想与面包两相碍，其实，阻碍你追求梦想的，不是你手头食之无味、弃之可惜的面包，而是自己的惰性。

（摘自《当代青年》2012年第7期）

写作就是燃烧自己

李 军

在路遥去世 23 年后的这个春天，由于电视剧《平凡的世界》的播出，全国再次掀起了路遥热潮。几乎每天的微信上都有关于路遥写作及其生前点点滴滴事迹的连续介绍。作为路遥生前的好友，也是路遥最后一部创作札记《早晨从中午开始》的责任编辑，我想谈谈我所认识的真实而与众不同的路遥。

一

和路遥相识于 30 多年前。当时他的小说《人生》刚刚获奖，西安电影制片厂导演吴天明要将其改编成电影，便在西安电影制片厂搞了一个座谈会，我作为业余电影评论者应邀出席。当时陕西省一位参加过延安文艺座谈会的文化界老领导，对《人生》提出了非常尖锐的批评，说高加林是无根的豆芽菜，以这样的人物作为主角存在导向的问题。几位导演和评论家都是这位老领导的部下，包括吴天明，碍于面子都不好说话。我因为不认识那位老领导，就和他争执起来。我说："豆芽菜也是菜，都 20 世纪 80 年代了，你怎么还是旧时的思维？"场面一时很尴尬，吴天明赶紧出来打圆场，说我是一个学生，业余影评人。

座谈会结束后，在西影厂大门口，路遥过来拍拍我的肩，问我是哪里人。我说，洛川。路遥伸出大拇指，用浓重的陕北话说了句"小老乡，好后生"，然后就大步流星地走了。

后来，《人生》在吴天明的努力下被拍成电影，获得巨大成功，并获得了当年大众电影百花奖最佳故事片奖。

1988 年，沉寂了几年的路遥突然推出百万字的鸿篇巨制《平凡的世界》，在读者中引起强烈反响。当时正兴起文学热潮，文学讲座很盛行，很多作家也很热心于讲课。《平凡的世界》让许多读者喜爱路遥，他们更渴望了解路遥的精神世界，但很多社团搞讲座就是请不到路遥，路遥似乎变得很神秘。大家都说，路遥傲慢，架子大。

1989 年秋天，我当时所在的杂志社收到很多读者来信，希望我们介绍路遥，大家很想知道路遥是在怎样的心境和状态下写出《平凡的世界》的。由于我当时和路遥并不是很熟，就约上我的好朋友，也是路遥的好朋友，新华社记者李勇一起去找他。路遥很热情，完全不是传说中的那样，他甚至还记得当时开《人生》座谈会时我发言的细节。他大声地笑着说："年轻人就是要有初生牛犊不怕虎的精神，而且后来的事实证明你说的是对的。"

二

那段时间正是路遥创作的调整期，因为我们聊得很投缘，我后来几乎每个月都去他家一两次。我可以深深感受到，路遥在创作上是孤独的，他所要走的文学之路可能常人很难企及，他把文学看得过于纯粹而神圣，所以他注定要孤独地往下走。这可能与他苦难的童年和年轻时的经历有关。

路遥 7 岁时，因为家境贫困，父亲领着他从清涧走了两天，到达 200 多里外的延川县，把他过继给没有子嗣而同样贫困的伯父。路遥的生活并没有因此发生任何改变，相反在贫困上又增加了一份委屈和自卑。由于是外来的，他常常受到同村孩子无端的打骂，所以，路遥说他童年最刻骨铭心的记忆除了饥饿就是遍体的伤痕。虽然年龄小，但童年的路遥已经扛起家里的生活重担，下地、拾粪、砍柴，像孙少安一样，什么样的重活、累活他都干过。他说："我生来就是大人。"

然而，命运和路遥开了一个大玩笑。

"文化大革命"开始时，路遥正在县城上学。他像很多学生一样热情高涨地投入到这场运动中。1968 年，19 岁的路遥作为学生领袖成为延川县革委会副主任，但很快就被这场运动深深地抛入谷底，回到原点。在农村劳动时，他像孙少平一样，没有屈从于命运的安排，政治上的失意更加速了他在文学这条路上的步伐，他对文学的痴爱陪他度过了那段昏暗而难忘的岁月。他几乎读遍了在他们县城能够找到的所有文学名著，在文学的海洋中找到了自己的快乐。1973 年县里推荐有为青年上大学，本来推荐他上的是北京师范大学和北京航空航天大学，但由于他的履历，他被那两所学校拒绝，后来延安大学录取了他。

路遥从延安大学毕业后到《延河》杂志社工作，创作成为他生活的全部，因为他从没有真正离开他生活过的那片土地，所以他的故事百转千回，总是与那片土地紧紧相连。在政治上无法实现的梦想，他在自己的作品中实现了；在生活中无法实现的浪漫爱情，在他的作品中得以淋漓尽致地展现。所以，《在困难的日子里》《人生》连续获奖后，他仍然能选择放弃充满鲜花和掌声的生活，回到陕北乡下，选择孤独寂寞，用 6 年时间如牛马般劳动、如土地般奉献，最终创作出百万字长篇巨著《平凡的世界》。他说："尽管创作的过程无比艰辛，成功的结果无比荣耀，尽管一切艰辛，都是为了成功，但是人生最大的幸福也许在于创造的过程，而不是那个结果。"

1991 年 3 月，从北京传来《平凡的世界》获得第三届茅盾文学奖的消息。朋友们奔走相告，路遥当然也非常高兴。他对我说："我当初只想把我想写的东西完成，获奖的事情确实没有想过。"他从北京领奖回来，打电话让我去他家，原来他带回了100套再版的书，说要送朋友。我去的时候他已给我签好名，路遥说："你是第一个接受这套新版书的人。"后来我听说，路遥连去北京的路费都没有，还是他弟弟天乐借了5000块钱给他，他才能去北京领奖。给路遥送钱的时候，天乐说："你千万不要再获什么诺贝尔文学奖了，要不然，我从哪里给你弄外汇去。"

路遥的贫困我是知道的，但借钱去北京的事我一直没好意思问他。路遥有两个爱好：抽烟和看足球。他唯一一次出访德国，没有去看任何名胜古迹，而是请主办方安排看了一场德甲比赛，回来后津津乐道了许久。路遥的烟瘾很大，抽的都是红塔山，10块钱一包，在当时算是很高的消费了。路遥说："饭吃饱就行，烟一定要抽好的。物质可以贫困，但精神世界必须富裕。"所以，他吃饭非常简单，陕西省作家协会周围的小吃摊他几乎吃遍了，每天的伙食费可能不及一包烟钱。

1991年秋后的一天，路遥突然对我说："你不是一直想让我给你们杂志写稿子吗？我想好了，就按你的建议写一下《平凡的世界》创作中的一些情况。虽然我从不和人家谈什么创作，我觉得创作是纯私人的东西，不可以拿来示众，但这次我想破例。名字我都想好了，就叫《早晨从中午开始》。"

虽然我和路遥相识很早，但真正了解他、理解他后，我感受到他内心汹涌澎湃的激情和对文学近乎顶礼膜拜的虔诚。起初我的确想请他给我写稿，但后来我们熟悉并成为好朋友后，我反而打消了这个念头，因为我不想为难路遥。面对神圣的文学，他不会违心地应邀为任何杂志写稿，他只有想好了要写什么、自己想写的时候才会去写。现在他突然说要为我而写，我当然非常高兴。

路遥写东西的时候不能被打扰，他对文学有近乎宗教般的虔诚。当然，他创作的时候一般人也找不到他。所以，从那以后，我没有再找他聊天，我知道他写好后一定会找我。

三

　　1992 年春节过后不久，路遥给我打来电话，让我去一趟。我到他家的时候，看到他家里很乱，《早晨从中午开始》的手稿就放在凌乱的桌子上。我说："你家怎么像刚被人打劫过一样？"路遥指了一下桌子上的手稿说："你的作业我完成了。"我翻看了一下，有 208 页，将近 7 万字。我说："对于我们这本综合类杂志来说，这个可能需要连载。"路遥说："没有问题，交给你我就不管了。另外，这个手稿就留在你那儿。"我知道很多作家是不愿意把手稿给别人的，把手稿给你就表明对你有莫大的信任。那一刻，他的信任让我感动。这是我最后一次在路遥家里见他，而我手里拿着的手稿，是他留在这个世界上最后的文字。

　　从 1992 年 5 月开始，《女友》杂志开始连载《早晨从中午开始》，它受欢迎的程度超出了我们的想象，很多读者怀着崇敬的心情流着泪看完我们的连载。通过这篇手记，我们知道路遥为创作《平凡的世界》竟遭受了那样的精神上的折磨和肉体上的摧残。4 年的准备期，他阅读了 1975 年至 1985 年间全国的主要报纸，研读了几十部中外名著，记录了几十万字的笔记。6 年非人的生活下艰苦的劳作，100 万字的巨著，没有超常的毅力和体力是无法完成的。就像路遥自己说的："既然已经选定了目标，再苦、再累，哪怕是燃烧自己，丧失生活中许多美好的东西也必须这样做。"6 年时间里，他忍受寂寞，把自己封闭在一个孤独的世界里，每天工作十几个小时，只偶尔透过窗子看一看四季的变化。

　　路遥在创作《平凡的世界》过程中，的的确确是用全部生命在写作，他要把内心深处最真切的感受、最熟悉的平凡人物的平凡事迹忠实而又真诚地记录下来。从这个意义上说，路遥是我们那个变革时代最诚实的记录者，而《平凡的世界》就是那个时代的一面镜子。

　　让我万万没有想到的是，在《女友》杂志刚连载完《早晨从中午开始》，还没有来得及给路遥送样刊，就突然传来路遥逝世的消息。

　　1992 年 11 月 10 日，我休假在家，诗人远村突然敲门进来，说路遥让我去一趟医院，最好带些钱。我明白，路遥若不是实在没办法，是不会向我张口的。那个年代我们都不富裕，我个人存款加起来仅有2000多块，我急急忙忙赶到单位借了4000块钱，凑够6000块，向西京医院赶去。

这之前的8月6日，路遥拿了几件衣服和简单的行李坐火车去了延安，12日就病倒了。他可能预感到了什么，接到几次病危通知，仍然坚持留在延安而不愿意回西安治疗，最后在省委领导和朋友们的再三劝说下才转院到西安。10月份，我去医院看过他两次，他脸上浮肿，完全没有往日的神采。但每次他都说自己没什么大事，出院后去陕北养上几个月就好了，还说他很想去三亚，约我过年的时候一起去。

当天下午我赶到医院时，路遥正在输液。才几个礼拜没见，他已瘦了几圈，变得憔悴，脸也很黑。见我来了，他含着泪对我说："前几天我是在病床上签了离婚协议。"说这话时，路遥显得十分失落和无奈。我赶紧安慰他说，你有那么多崇拜者，不难找一个好的，等你出院了我给你张罗。我告诉他昨天是他女儿路远的生日，按他的意思我买了个蛋糕送给路远，那天来了很多路远的同学，她很高兴。我知道路遥心中最牵挂的就是女儿，在这之前，他对我说，今年女儿的生日他没有办法给女儿过，请我一定帮忙买一个蛋糕送给孩子。听到女儿的消息，他的脸上露出欣慰的笑容。

没有想到，一个礼拜后的11月17日，犹如晴天霹雳，突然听到路遥逝世的消息。贾平凹说："他是一个优秀的作家，他是一个气势磅礴的人，但他是夸父，倒在干渴的路上。"

我可以想象，如此热爱生活、胸怀世界的路遥，在离开这个世界的时候有多么不舍。他有那么多宏图大略有待实现，那么多读者等待他的新作，那么多父老乡亲等待他归来……

在路遥逝世以后，我总想着为他做些什么，于是和几位同事朋友商量，夜以继日地加班加点，用不到一个月的时间，编辑出版了《早晨从中午开始》单行本——这个速度在当时是绝无仅有的。我为书作序，路遥的好友李勇为书题跋。

在路遥一个月祭日的当天，我们召集了文学界、评论界、新闻出版界及路遥生前好友近百人，举办了一个怀念路遥的座谈会暨《早晨从中午开始》全国首发仪式。

43 年的生命历程，对于一个人来说实在是太短暂，但路遥在他有限的生命里给这个世界留下了丰富多彩的伟大作品。我相信，不管时间怎样远去、时代如何变迁，路遥的作品所焕发出的基本价值永远不会远去，它带给人们的温暖和向上奋进的精神会永远有意义。

（摘自 《家庭》2015 年第 5 期）

最好的放逐

张　玲

常常有人不解：关於在北京花钱都难请到，为什么愿意跑到农村去免费教芭蕾？除了在北京舞蹈学院有教职，他还是国内众多重量级芭蕾舞节目的领队，常常忙得"希望能有三头六臂"。但是他享受每个周日的端村行，于他而言，那是最好的放逐。

"疯狂"的想法

关於去端村教芭蕾，契机是一次饭局。北京荷风艺术基金会的创始人李风向他表达了让芭蕾进入农村的想法。

这一略显"疯狂"的想法，其实在关於心中早已萌芽，只是一直无法成行。现在机会来了，关於有些迫不及待。

从事芭蕾艺术这么多年，关于有很多无奈。在北京，他也教过小孩子跳芭蕾，但总觉得那不是艺术。"有些家长，一来就问能不能考级。他们强调法律意识、消费意识、维权意识，但很少有艺术意识。"有时候，刚一上课就有家长对他说："老师，请你一定要提前 10 分钟下课，我孩子还要赶另外一个课。"关于不喜欢自己认真讲艺术时，被别人当成"快餐"，更不喜欢原本是表达天性、释放天性的芭蕾艺术，沦为一门拿证的技术。

"何况，城里的孩子不缺我这一个老师，但村里还真没什么人愿意去。"

2013 年 3 月，北京荷风艺术基金会的艺术教育项目在李风的老家河北保定端村正式启动。

那时候，家长、孩子都是蒙的，好奇、疑惑、惧怕，什么眼神都有。他们不理解这群城里人为什么跑这儿来教外国的东西。眼看家长翻着白眼听不懂，关于说："我教你们的孩子学芭蕾，将来变漂亮了好嫁人。"家长们一听，这行，这才把孩子交给他。

第一节课，看着舞蹈教室里随处可见的脚印、孩子们怯生生的眼神和凌乱的头发，关于意识到，芭蕾课必须从拖地、梳头开始教起。他清楚地记得，有些妈妈给孩子盘好头发以后脸上呆住的表情，好像重新认识了自家闺女。

对端村的孩子，关于尽量不教"疼"的东西："这些留守儿童缺乏成长的关照和情商的培养，不少小孩初中毕业就出去打工了。"他希望给这些"苦孩子"多一些甜滋味。

但有些疼绕不过去——跳芭蕾必须立脚尖。"不穿脚尖鞋不能称之为芭蕾舞，学艺术难免产生一定的损伤，人类在表达对上天的敬意和对天赋的赞美时，都是往上的（教堂、管风琴）。芭蕾舞要立脚尖也是选择了比全脚更极致的表达。"好在孩子们很能吃苦，咬咬牙便"站起来了"，现在立着脚尖嬉戏打闹已是常态。

"我们一直怕他哪天就不来了"

按照专业的眼光，端村孩子的身体条件达标的很少，关於的初心也不是把端村的学校变成"北舞分院"，但孩子们努力的程度远远超乎他的预期。"她们甚至用一年的时间，达到了需 3 年才能有的水平。"关於知道正常和超越正常的界限，孩子们这种超越年龄的"懂事"和"自律"让他感到心疼。他知道，她们是在用百倍的努力挽留自己。

刘玉娇跟关於上了 4 年芭蕾课，她的妈妈刘秋菊说："我们一直怕他哪天就不来了。但关老师说'肯定会来'，当时就有家长哭了。"

"这里的孩子，学舞蹈能穿漂亮衣服就很开心，跑过来拥抱你就是因为喜欢你，跟你好，没有功利的想法。"孩子们的身材和长相可能不漂亮，但关於很愿意拿起相机记录这一切。他喜欢这些清澈的眼睛和纯洁通透的脸。

冬天看孩子们皮肤太干，关於就给她们买护肤品。有时候，孩子们状态不好，他索性就带她们去田间地头玩儿。"我们就想守着这些孩子，学得好就学，学不好没关系，我们守着她们长大。"关於甚至想着将来要亲眼看着她们嫁人。

在端村的这 4 年，关於早已跳脱出芭蕾教师的单一角色，既为师也为父。他意识到，跳芭蕾可以锻炼身体、塑形、增强气质，但孩子们更需要透过芭蕾开启文化之门，从而增长见识、开阔视野。

他不断把自己的资源用到端村——不仅带来了著有《大脚丫学芭蕾》的美国知名图画书作家埃米·扬、法国尼斯大学的芭蕾舞系主任、美国波士顿 children help children 项目的孩子们，让端村的孩子了解不同国家的生活和艺术，还常常把孩子们带到北京看展，到公开场合表演。

国家大剧院曾邀请关於到其经典艺术讲堂开讲，他抓住机会问对方，能不能带农村的孩子来这里跳芭蕾。大剧院方面有些犹豫："这可是经典艺术讲堂，面对的都是国家大剧院的 VIP，这样行吗？"

最终，孩子们在国家大剧院经典讲堂跳完《天鹅湖》的四小天鹅，场下一片掌声。"我能感受到,台下的观众很感动。"关於说。

"一切并非遥不可及"

2016 年华北五省(市)舞蹈大赛中,关於夫妇带着孩子们拿下少儿组创作一等奖和表演一等奖。这个成绩足够好,但是夫妇二人却产生了自端村教课以来最大的分歧。

关於从没想过让这些孩子报考专业艺校。在他最初的想象中,等孩子们长大了,干农活累了,能在田埂上跳一段《天鹅湖》,他就很知足了。另外他也知道,如果走专业舞蹈之路,这些孩子要面临极大的竞争压力,他害怕如果艺考失败,会伤害孩子们的自尊心。如果考上了,学费也是一个大问题。

关於不想带孩子们冒这个险,但妻子张萍不同意——这些孩子将来没有一技之长,如果辍学了,就只能在家种地或者出去刷盘子。既然教了她们这么久,就得给她们想出路,万一考上了,兴许就不用在村里生活了。

慢慢地,关於意识到这些孩子迟早都要上失败这堂课,于是告诉她们:"咱们考艺校,考上了,可以以此为职业;考不上,我教你们也一样。但不管结果如何,不能不努力。"

河北艺术职业学院舞蹈系主任是关於的师妹,受关於之邀第一次去端村时,她惊呆了:"真没想到,这里窝着这么多好孩子。"之后,河北艺术职业学院有史以来第一次把招生基地的牌子挂到农村。

端村的孩子考到石家庄去了,这在以前是不敢做的梦。"我们打通这条通向省会的路,不是要把每个孩子都送出去,而是要让她们知道这一切并非遥不可及。"关於说。

现在,常常有家长给关於发微信说:"关老师,谢谢您,起到了父母的作用。"事实上,通过关於,家长也改变了很多。

张冬雪的丈夫在北京打工,她自己在家带孩子,也扎枕套赚些钱,扎一个枕套赚4毛钱，她一天能做100个。周日，她会停下手中的活，陪女儿来跳舞，有时候看着看着竟不愿离开。"以前心情不好，压力大，就对孩子特别严厉。"张冬雪说，"关老师的教育方式对我启发很大，我也学会了跟孩子讲道理，鼓励她、尊重她。"

艺术的魅力究竟是什么？是为了让孩子们变成从智力、审美、情感等方面拥有完整人格的人。孩子的变化，也影响了家长。久而久之，艺术会在乡村的土地上生根发芽。

（摘自《中国慈善家》2017年第5期）

所谓人生开挂，不过是厚积薄发

仲念念

一

前些天帮朋友搬新办公室，一边为她开心，一边又止不住地担心。

开心的是她的事业越做越大了，担心的是她的身体。她创业初期经常熬夜，饮食又不规律，得了很严重的胃病，说过她很多次，她自己也知道，但总也改不了。

工作太忙了，压力又大，真的没办法。

即便如此，还是有很多不明真相的人酸溜溜地说她，只什么不过是运气好罢了。其实哪有什么所谓的运气呢，不过是别人把你说闲话的时间，用在了工作上。

这一点我体会特别深，因为从大学开始，就没有见她闲过。可以说她创业初期的客户，大都是兼职时积累下来的，那时她不仅做好了未来 20 年的职业生涯规划，还一步步付诸在行动上，稳扎稳打。

记得最清楚的一次，是 2014 年年底，广告部的同事请年假提前回家了。可有一个客户临时提出要修改方案，当时她还有大把工作要做，而这个方案几乎瞬间便能压垮了她似的。

但她什么都没说，沟通好具体要求和细节，连夜赶了出来。

于是，方案过了，她病倒了。

但你知道吗，最让我感慨的不是病倒，而是病倒以后的她还在坚持工作，手背上输着液，手指敲着键盘……

几年以后，她的公司越做越大，每每回忆起当初那段玩命工作的时光，不由得感慨万分，那真是一种向死而生的疯狂。

那种感觉就像爬山一样，累到精疲力竭依旧死死地坚持，会让你觉得痛不欲生，但是想想山顶绝美的风景，又会觉得欲罢不能。于是渐渐地，坚持和上进就变成了一种习惯。

你看，每一个努力到忘乎所以的姑娘，都活得励志又悲凉。

二

其实不只是她，我身边的很多人都是如此。

一个月前，陪一个做外贸的学长回校开讲座，早就耳闻了他的种种事迹，但听他亲口说出来，还是止不住地感慨。

他长我三届，知道他是学校的学生会主席时，我才刚刚上大一，那时他已经在校外实习并且卓有成就了。

现在是广州分公司的总经理。

他很谦逊，眼角总是带着笑意，从不让人觉得跟他有距离感，学弟学妹们一直都拿他当榜样，当男神，其中也包括我。

每当有人问他怎么做到的，他总是莞尔一笑，说：坚持你所热爱的，热爱你所坚持的，剩下的，交给时间就好。

这句话给了我很大的启发。其实刚做业务的时候，他经常加班，还要四处拜访客户，无论刮风下雨都无一例外。这其中最难的，就数喝酒了。

是的，他酒精过敏。但有时请客户吃饭，喝酒总是在所难免，有一次遇到一个北方的客户，为人豪爽，好酒，三下五除二他就倒下了。

酒醒以后，在医院，他酒精中毒了，来洗胃。

那一单签下了，那位客户也从此对他刮目相看，但他的胃，却从此伤了。

很多人都曾是这样吧？一心想往上爬，想离想要的自己近一点，再近一点，于是就不得已跟生活妥协，哪怕曾经受伤，也不声不响，一路坚持，一路在对未来的渴望里徜徉。

也曾想过停下来，但多害怕短暂的舒适会磨灭自己昂扬的斗志，害怕自己紧紧绷着的那根弦，稍一松懈，就断了。

于是，我们渐渐地都变成了所向披靡的英雄，我们迎风作战，除了认输以外，什么都敢。

三

如果只是努力就可以活成自己想要的样子，那何乐而不为呢？

人一生所求，不过是在四处碰壁里，碰见自己，而当你遇见阻碍，就说明你已经在路上了。因为只有逆着风，才能激发体内潜在的能量，这样的能量，最适合飞翔。

成长不是一蹴而就的，所谓的人生开挂，也不过是厚积薄发。

这句话我曾跟一位读者说过，当时她问我：如何才能像你一样写出这么好的文章呢？我也想出书，但是我写作水平好差，不像你，随便写一写就可以得到那么多肯定，像开挂了一样。

我当时沉默了好久，并不知道该怎么回答。因为她所谓的"随便写一写就能被人肯定"，不过是我一年写上百万字的厚积薄发罢了。

就好像你途径了一朵开得格外灿烂的花，你说，我好羡慕你啊，我为什么不能开放呢，一定是运气不好吧。

但你只是途经了花的开放而已啊，它曾如何扎根于土壤，如何抵抗住暴风雨的侵袭，如何千万次想放弃又千万次重新拾起，这些你都不知道，于是你把这归为运气。

那你运气不好的原因，不过是你想要得到又不肯付出而已。

我们这一生，总会遇到各种险滩暗堤，但不能因为恐惧就躲在风平浪静的港湾里。应该像一个战士一样，渴望暴风雨的侵袭，因为你本可以在看似不可能的境遇里，实现人生的一个又一个跳跃。

只要你不放弃，并且坚持下去，你想要的，岁月迟早都会给你。

四

请一定要有征服世界的野心，然后将自己低到尘埃里。

唯有如此，才能扎根深层，更加充分地享受人生充盈且饱满的过程。也唯有如此，才更能深刻地理解生活最本真的样子。

希望我们，只要愿意抬头便能看见蔚蓝的天空，远处是不断延绵的巍峨大山，大山里有袅袅炊烟的温暖。

希望只要我们行走，耳边吹过的便是呼啸而过的狂风，而呈现在眼前的，却是一片豁然开朗的崭新的人生。

于是我跟自己说：坚持写作，无论是否有人鼓掌。坚持学习，无论天文还是地理。坚持行走，无论是跑步还是旅游。坚持爱人，无论晴天还是阴雨。

坚持做梦，即使身后空无一人。坚持醒来，只要醒来就能看见花开。坚持发光，然后静静等待。

等你寻光而来，找到我，抓紧我，肯定我。

于是我跟你们说：坚持你所热爱的工作，坚持热爱生活，无论有多少已知和未知的挫折。坚持读书和行路，坚持遇见，坚持用一颗质感的心，携期待而活。

坚持相信，即使对未来一无所知。坚持早起和运动，坚持学习，坚持累积，然后双手合十，静静等待。

等时间携成果而来，肯定你，奖赏你，偏爱你。

因为时间知道，从来都没有什么人生开挂，有的只是厚积薄发。

请一定要，继续加油。

（摘自人民网 2017 年 11 月 20 日）

你可以不平凡

周杰伦

　　人都要有梦想，其实我跟大家一样，我觉得自己非常平凡，只是学了点音乐而已。学了这些音乐，最后能够站在这个舞台演讲，也不容易啊。我没有考上大学，却来给你们演讲，你们会不会觉得有点奇怪？

　　方文山也才读过小学而已，不过他写的东西却能够被编进教材里面。所以我觉得厉害的人、不平凡的人，并不是书要念得多好，而是要有一技之长，也要听妈妈的话，还要尊师重道。小时候妈妈很希望我考上音乐系，然后读大学。我大概考了两次吧。可能我不是读书的料，而且我又很爱打球。我现在讲的这些，都是我成功的一些关键。你想一想，年轻时候，如果我没有去打球，我现在怎么拍《大灌篮》？那时候如果没有学琴，我现在怎么拍《不能说的秘密》？那时候如果不喜欢看这些武术的电影，我怎么拍《青蜂侠》？

　　这些，都不是父母让你去学的，你是有自发性的，你喜欢这样的东西。所以，我觉得有一技之长，比学历更重要。其实我是一个蛮爱面子的人，一个很好胜的人。我讲一个很简单的例子：搭公交车，人很多，我被挤到最后，被公交车的门夹到，我是那种即使痛也不会说出来的人，因为前面坐着好几个学姐。我心想，等到下一站，公交车的门自然会打开。结果车在下一站竟然没有停下来，于是，我就只好跟学姐说："不好意思，你可不可以跟公交车司机说一下，我的手被夹到了。"后来想一想，我觉得公交车司机一定很纳闷，学姐也一定很纳闷：为什么在第一站的时候不讲，后来才说？这说明我很爱面子，又好胜，但是我觉得这帮助了我在现在的演艺圈生存。因为，我告诉自己，绝不能输，永远都要得第一。

我在学生时代，也算是"蚁居"。不是在天台"蚁居"，是在录音室"蚁居"，后来被吴宗宪发掘。那时他希望我三天写十几首歌曲，然后他从里面挑选。我很期待自己的歌曲被录用，只有这样才会有钱，才可以拿钱回家给爸妈，这是我写歌的一个原因；另外一个原因是，我觉得父母在我小的时候，花费太多的金钱让我学钢琴，所以我要弥补回来。那时候我有一个信念，就是不能让父母失望。我在写歌的时候认识了刘畊宏，他那时已经是歌手了，而我还在他的录音室"蚁居"。他给我衣服穿，给我吃的，虽然没有给我车子，但是他载我到处游玩，享受他的人生，还带朋友给我认识。

有一天，吴宗宪说："你这些歌好像都不错，但是没有人可以唱！"公司签来的另外一位音乐总监杨峻荣，他听过我的歌，说："你这些歌曲别人不用的话，干脆你自己唱唱看好了。"我没想那么多，就把自己的歌唱了一唱。一天，有个唱片公司的表演，很多艺人参演，因为很多大老板要来看，我很紧张，不知道该唱什么歌曲。那唱《黑色幽默》好了！

当时真的是"黑色幽默"。刘畊宏说："你唱这首歌，这首歌很有你的味道，你可以想，以前的情歌都是非常严肃的，哪有这么奇怪的歌词。"我说："但是唱片公司来的是老外，他听得懂吗？"刘畊宏说："反正你唱的也不清楚，他也不知道你唱的是什么。旋律好就行了。"结果我第一遍唱完之后，台下完全没什么反应。刘畊宏说："你唱的声音太小了。"我后来才知道，他们让我唱第二次，是因为刘畊宏悄悄地告诉工作人员，让他们再给我一次机会。第二次，我就好好地唱，于是有机会发片了。第一首主打歌《可爱女人》，当时同公司的师姐徐若瑄来拍第一支 MV，那时我觉得蛮特别："哎哟，这个师姐当时是女神呢，来拍 MV，真的假的？"后来呢，她竟然跟我说："可以教我弹钢琴吗？"我才发现，学钢琴是对的。

我第一张专辑的歌曲，几乎都是写给别人唱别人不要的，我就拿来自己唱。

我不能停下来，我要继续往前走。为什么？为的是我的歌迷朋友——你们没有看错人！

然后出了几张唱片，去了几个颁奖典礼。对于奖项，一开始我非常看重。有一次我带了外婆去参加颁奖典礼。我觉得至少有一点很好，上台可以讲话吧，可以感谢我的外婆——结果我什么奖都没有得到。那时候我感觉非常不爽，但是我没有表现在脸上，因为那个摄影机在拍你嘛，你还是要很开心、很大气地为大家鼓掌。我就觉得，原来演艺圈是这么虚假。

那时候我想，这么多的歌手，我要怎样才能和别人不一样。我喜欢做反差很大的东西，那就是中国风了。中国风，其实特别难写，因为只有五声音阶，要怎么样跟别人不一样？而我这种嗓音，咬字又不清，可不可以也来中国风？于是我写了《东风破》。

然后拍了电影《满城尽带黄金甲》，很感谢张艺谋导演。他说："我听过你的《东风破》，要不来一个跟这个《满城尽带黄金甲》有关的，你觉得怎么样？"那时候我写了两首歌，一首是《黄金甲》，听过的人肯定不多，大家听到的都是《菊花台》，对不对？果然，张导比较喜欢《菊花台》，用它当了片尾曲。这首歌，也让很多歌迷朋友的爸爸妈妈认识了我。很多四五十岁、五六十岁的人，还有一些老奶奶说：我喜欢听你的《菊花台》。我才知道，其实听我歌的年龄层次是这么广泛。我终于找到自己的特色，每张专辑要有一首中国风的歌曲。所以说这对于一个歌手来讲，非常累，因为要想很多。写了十首歌曲，还要拍十支 MV。为什么？因为我在写每首歌的时候，画面都已经在头脑里了，所以我必须把它拍出来。交给别人来拍我不信任，这就是我自己相信自己的地方。

拍这些 MV 呢，其实我都是在积累经验。因为我想当导演，所以我不断地练习。

你们现在还处在学生时代，现在讲这个会不会觉得太远了？其实不会，因为你们要思考未来。所以我才会写一首歌《听妈妈的话》，告诉从前的自己。因为那时候我很喜欢周润发，周润发拍了电影《赌神》，那也是我喜欢变魔术的原因吧。我写了一首歌，从未来告诉以前的自己：你会遇到周润发，因为他会出演电影《满城尽带黄金甲》，当你爸爸，所以"赌神"未来会是你爸爸……

那时候我喜欢听的流行歌曲是张学友的歌，其实我写歌就是从听《吻别》开始的。我心想，有一天我一定要写歌给他。果然，张学友唱了我的歌曲，而且我还跟他同台表演。

这些都是我在音乐领域的成就。在电影方面，我拍了《不能说的秘密》。我一直在想：怎样的爱情可以变得不一样？穿越时空的情节我觉得非常特别，我把钢琴的速度想象成时光机。我觉得人要有想象力，很多人觉得我是在天马行空地乱想，其实做出来后大家都会被吓一跳的。

在这里，我想鼓励大家的就是，找寻自己跟别人不一样的那一点，去把它放大。

此文是作者在北京大学百年讲堂的演讲稿

（摘自《读者》2016 年第 20 期）

不是人人靠"拼爹"

白岩松

我一直在讲两个笑话。

第一个，我说我很小就失去了"拼爹"的机会。别人"拼爹"，他首先得有爹。父亲在我 8 岁的时候——1976 年，就去世了。母亲把我们哥俩养大。我哥哥从中央民族大学毕业，我是从北京广播学院毕业的。我考大学的第一志愿是北京广播学院，第二志愿是武汉大学，第三志愿是北京大学。考上北京广播学院以后，我妈的一个同事问她："孩子考哪儿了?""北京广播学院。"那个同事略微有些尴尬地说："念电大也得去北京吗?"

我是 1989 年毕业的。那一年开始我很幸福，因为我之前几个月的实习已经结出了硕果。我在国际电台华侨部实习，到进入 1989 年的 1 月份，老师就告诉我："你没问题了，我们要你，留下吧。"那时候看着其他还在找工作的同学，我就觉得我定了，幸福啊。

　　我回家过了一个很圆满的春节，回来了。3月份，我突然接到国际台的通知，广电部下了政策，今年国际台不招中文编辑，我的工作吹了。于是，到手的幸福破灭了。没隔两天，我就买了去广州的硬座火车票，一个人去广州的珠江广播电台应聘。

　　但是，莫名其妙的是，出发头一天下午，系里接到中央人民广播电台的电话，说你们还有没没来我们这儿实习的实习生，我们想见一见。系里知道我在国际台的工作已经吹了，但失败挫折孕育了新的机会。当初我没有去中央人民广播电台实习的原因是，我评估了一下，我去国际台留下的可能性较高，所以，我选择了国际台，但是没有想到最后国际台这儿也告吹了。我去中央人民广播电台，谈了不到两个小时，我谁都不认识，他们也不认识我。回去第2天我就接到了电话，"我们要你了。"

　　大家可能说那是你怀念的20世纪80年代，现在不可能了。生活中不要去相信大家都在那儿"拼爹"，要去相信更多的正向的东西。我就是一个例子：从大学毕业一直到今天，一路走来，我没有为求职和工作的变动送过一分钱的礼。我遇到了很多贵人，要去相信生活当中这样的人更多，大家不是都在那儿"拼爹"。

　　第二个是我曾经拥有一次当"富二代"的机会，但是我父亲没有珍惜，因此，我觉得世界上最幸福的人是"富一代"，当"富二代"有什么意思？那天我去广播学院捐款。每年捐款资助新生的时候，我就跟那些新生说："恭喜你们，你们拥有了别的同学所没有的一份履历，表面上是由挫折、痛苦、贫穷造成的，但是将来它会成为你的亮点。你可以在简历里写你是某某基金资助的，我相信很多老总看到这个都会眼前一亮。因为现在很多单位招人都要招家境贫寒的，他们觉得这样的孩子韧性更强。"

　　因此，反过来说，我为我经历过这样的青春感到骄傲，它能让我今天在面对任何事的时候都心平气和。"富二代"可以继承大笔财产，一进社会可以不租房子，也有女孩追你，我祝福你。有人说我夫人怎么怎么样，我说："那是！人家买的原始股，她认识我的时候，是我最悲惨的时候。"但是人生如果没有一些落差作比较，就没有那么多趣味了。

（摘自江苏凤凰文艺出版社《中国，再启动》一书）

她把心脏献给了中国女排

张 浩

26 岁，一个如花似玉的年龄，一个运动员的黄金职业生涯期，而对于集实力与颜值于一身的惠若琪而言，却要告别自己最钟爱的排球场……

把心脏献给女排

北京时间 2016 年 8 月 21 日中午时分，随着惠若琪在网前高高跃起，排球重重地砸在塞尔维亚女排的半场，举国沸腾……

惠若琪的这一记探头球，将中国女排送上了里约奥运会女排冠军的宝座，时隔 12 年，在雅典奇迹之后，中国女排再次站到了世界之巅。

就如同宿命的安排，最合适的那个人完成了对对手的致命一击。只是，大家可曾知晓，这名时年仅 25 岁的女排队长，曾经经历过何种炼狱般的磨难，才毕其功于一役，在里约决赛的舞台上，爆发出惊人的能量，震慑全场。

2015 年，惠若琪在女排世界杯出征前夕查出心脏问题。在第一次手术效果并不尽如人意的情况下，在里约奥运会开始前 6 个月的时候，惠若琪毅然决然地接受了第二次心脏手术。

为了女排，惠若琪曾两次在鬼门关徘徊。她青春，活力四射，在场上义无反顾；她嘶吼，肆意庆祝，在场上忘乎所以。每一次大力扣杀，每一次奋力跳起拦网，每一次鱼跃救球，每一次双手叉腰调整呼气……

大家都看在眼里，痛在心上，惠若琪却淡淡地告诉队友，"即使倒，也要倒在球场上。"

她是用生命在打球，当最后决胜一球落到地上，大家悬着的心也安稳下来，看着惠若琪大叫着又蹦又跳，那时她脸上流淌的泪水，是咸的，也肯定是甜的。

从失意伦敦到里约涅槃

2007 年，年仅 16 岁的惠若琪首次出现在中国女排的大名单中。一转眼间，惠若琪已经在国家队服役 11 年之久。

从陈忠和时期的尖尖小荷、初露锋芒，到俞觉敏时期的绝对主力、中坚力量，再到郎平时代的精神领袖、攻防枢纽，历经三任主教练，不断变换自身风格和角色的惠若琪，一直都是中国女排不可或缺的重要一员。

2010 年，顺风顺水的惠若琪遭遇严重伤病，在女排大奖赛澳门站的比赛中不幸受伤，自此在左肩上留下 3 个深深的手术疤痕，里面埋着 7 根钢钉。

经过异常痛苦的恢复期，惠若琪在 2011 年世界杯复出，与队友一起拼下一枚铜牌，并第一时间锁定了伦敦奥运会的参赛资格。

尽管之后的伦敦之行让人失落，四分之一决赛中，意外不敌日本最终获得并列第 5 名，但在 11 场比赛中，惠若琪 6 场比赛全队得分最高，并在得分、一传和发球方面均位列队内第 1。

随着郎平的回归以及大批新生势力的涌现，惠若琪在国家队的角色和作用也悄然发生着变化。

从既要接好一传，还要全力得分的主攻手，过渡至专注接好一传、侧重防守串联的攻防枢纽。

朱婷的横空出世，极大缓解了惠若琪肩上的进攻重任。攻防两端，双姝闪耀。而作为球队精神支柱和润滑剂的惠若琪，也最终涅槃重生，在里约圆梦。

有涵养的"富二代"

随着中国女排在里约奥运会的重回巅峰，国内再次掀起一阵排球热潮，而作为女排当家花旦的惠若琪，更是大家关注的重点人物。

惠若琪出生在一个家境殷实的文化之家，父母都是有文化的知识分子。父亲惠飞是一家上市企业的高管，作为 20 世纪 90 年代的硕士生，热爱体育的他还曾在大学期间担任过排球队的队长。

母亲许雪媛是一名数学老师，就因为女儿对于排球的一腔热情，原本对排球没有多少兴趣的她，竟默默一人将《排球女将》一集不差地看完。

虽说家境优越，但惠若琪的父母对自己的宝贝女儿依旧是高标准严要求。

当时，惠若琪还在南京市业余体校排球队训练，被任命为队长，一次输球后摆出队长的姿态埋怨队员。

发现这事后，惠飞生气地教育女儿："大家一起在场上打球要团结，你作为队长更是要鼓励队友，什么时候学会埋怨人了？你要是不想打，就别打了。"

此事对惠若琪影响很大，自此以后学会了在自身上找问题，并在郎平治下的女排中成为真正意义上的队长。

学霸的未来可期

良好的家庭氛围和成长环境，开明、教导有方的父母，造就了如今这个天性活泼开朗、做事脚踏实地的惠若琪。

其实，除了在自己热爱的排球领域有所建树以外，惠若琪的文化课成绩也相当出色。

初中时期，即使外出比赛，也能看到惠若琪在比赛的间歇期拿出随身携带的课件认真自学。

2017 年刚刚硕士研究生毕业的惠若琪，已经成为南京师范大学体育科学学院，体育人文社会学的 2017 级博士新生。

惜别排球场，对于惠若琪而言，人生也将开启另一段全新的旅程。

茫茫前路，虽然未知，却也充满了挑战和无限的可能。求学之路，可以继续深造，完成博士研究生学位；仕途之路，作为江苏共青团省委委员，也可以转型从政。

当然，也可以继续慈善事业，专注于惠若琪女排发展基金组织，推广排球，宣传慈善公益事业，将公益之光照射到更多需要帮助的地方……

（摘自澎湃新闻网 2017 年 11 月 24 日）

十年前扇过的翅膀

沈嘉柯

我从小就挺宅，不爱跟其他孩子玩。从 17 岁那年开始，我在法律系的课堂上听到各种故事，其中很多让我瞠目结舌，这让我大学时写作很顺利。

毕业后，我去了一家心理学杂志社，完全出于好奇。

那时我并不知道，我打开了人间的潘多拉盒子，见到了深海才有的奇异斑斓。

当时，单位规定员工必须值夜班，接咨询热线电话。当然，夜晚回家不方便，单位会给 50 块钱的车费补助。

好几个同事不乐意，说，为什么不邀请社会义工参与呢？

领导回答，社会义工根本没有相关知识，有的自己都有心理问题，不像你们天天受熏陶，有基础。

但是当时的我们，写一篇文章就有几百块，所以谁也不乐意在这件事上浪费时间。

　　不过，我之所以选择在这家杂志社工作，就是因为怀着对他人的好奇心。说得俗一点，其实是一种为了写作的偷窥欲。

　　说不定有精彩故事呢！

　　就这样，我怀着不满，讨价还价后，愿意一周值三次班。杂志社增加了我的编辑版面，相当于间接提高补助。

　　在深夜，我开始跟全国各地许多千奇百怪的人谈心，各种你能够想象到的奇葩人士、边缘故事，应有尽有。

　　比如动不动就有人打电话过来，哭着嚷嚷要自杀，准备放弃一切。失恋的、被父母抛弃的、说自己破产的，层出不穷。

　　有的故事，让你难过落泪；有的故事，让你愤怒。但这些情绪我都得控制好。一般我接到问题后，会按照电话咨询手册的标准回答来应对。应付不了的，请他们明天接着打。

　　后来我又玩票性质地当了半年记者，一会儿飞去北京采访高级官员，一会儿去小城市参加医学会议，一会儿去山村了解最底层人的生活。

　　最终，我变成了一个见多识广的人。

　　后来，我去很多大学和知名企业做讲座，登台演讲浑然忘我，从不紧张，效果奇佳。我自己都想不到，当年我接热线电话的经历，无形中提高了自己的语言表达能力。

　　那些我不喜欢的、厌烦的，甚至是我抗拒的人生阅历，一点点成就了我。不知不觉，功夫居然就上了身。

　　我最近还常常看《金星秀》。这个人的人生经历太过传奇，她跳了半生舞蹈，年轻时恐怕也没有想过自己会开脱口秀，还那么红，国内电视节目同时段收视率第一。但是，她出国的经历、跳舞的经历、打工的经历，最后都变成了她脱口秀的重要内容。

　　没有这些多年积累的东西，她拿什么来秀？

　　有一部电影叫《蝴蝶效应》，我当时看的时候，是当科幻片看的，多年以后，我却另有看法。伊万总希望能通过改变自己的过去，来造就自己满意的当下。但事实上，过去就是过去，牵一发而动全身。

男主角每次回到过去修改，都会导致一连串的时空扭曲，未来的发展跟着改变，失去控制。

《蝴蝶效应》故事的源头是，气象学家说南美洲的蝴蝶扇一下翅膀，因为种种关联，就可能引起美国得克萨斯州的一场龙卷风。

这个说法本身在气候学科研究里，是不大被承认的。蝴蝶扇动翅膀引起风暴的概率极小，要受很多因素影响。

但人生正是由一个一个的转折所造就的。人不能跟昆虫、机械比，人一旦开窍，汲取知识和智慧，勇猛精进，便会产生不可思议的结果。就像普通师范大学毕业的马云，奔波推销网络黄页的时候，不可能预估到他今天在中国互联网大佬的位置。

我们在这世上，选择什么就成为什么。人被塑造，也自我塑造。做过的事情、涌出的念头，构成了此时此刻的我们，再走向下一步。

十年前，我是一个怀有好奇心的人，也是一个想要摆脱既定生活的人。

我放弃了通过父亲找关系得来的工作，没有去枯燥的单位上班；我放弃了一个网站大佬的邀请，去了心理学杂志社，想搞清楚心中的各种困惑。我很早就买房，然后又放弃工作，选择自由职业。

就这样，我一步一步变成了现在的我。

如果当初我拒绝深夜值班接热线电话，或许我就一直埋头编辑稿子，沉浸于写作当中，不怎么跟外界进行沟通。而现在，很可能我会在一场又一场的讲座之后，成为一个演讲达人。

写作带给我宁静、自省与沉思，而讲座，让我在很多次面对面的交流中，遇到很多有趣的细节，甚至与听众碰撞出很多奇妙的思想火花。我得以验证思索结果，修正观点，继续累积阅历。

人本身才是最宝贵的资源。人生可以规划，并且要努力，但不该死板僵硬地去执行，也不要拒绝尝试改变。遭遇失败，要能反思，然后站起来。最终，我们都会走完自己的一生。

如今我很明确自己要什么，并且会朝着那个方向坚定地走下去。如果沿途还有惊喜和改变，我也会凝视它、思考它、审视它、选择它。

荣耀声名、经济回报，都是附属品，辅助我们获得更多的人生自由和内心满足。

对此，我深信不疑。

（摘自江苏凤凰文艺出版社《沉心十年》一书）

深挖一眼泉

李慧勇

近日阅读，看到一个有趣情节。据载，唐代书法家欧阳询在赶路途中，偶然发现晋代书法名家索靖写的石碑。他观赏了一阵，刚准备离开又忍不住返回，然后下马继续研究。最后，干脆坐下来反复揣摩，竟在碑旁一连坐卧 3 天。如此专注，不知者或以为痴，却是成就事业的必然。

古人云："心不专一，不能专诚。"不专不诚，焉能成事？历史上，勾践多年卧薪尝胆、发愤图强，终成霸业；曹雪芹"披阅十载，增删五次"，字字看来皆是血，书写了不朽篇章。今天，屠呦呦靠着滴水穿石的韧劲，历经 190 次失败，最终提取出挽救无数生命的青蒿素；黄大年凭着"不疯魔，不成活"的拼劲，不舍昼夜、潜心科研，引领中国走入"深地时代"。任何一个成功者的足迹，都刻印着艰辛与执着，专注是不可或缺的品质。

反观一些人，缺乏尽职履责的恒心和定力，在浮躁中蹉跎了时光，靡费了才干。有的人稍遇挫折，就想调岗位、换环境；有的人拈轻怕重、见异思迁，这山望着那山高；有的人怕吃苦，难以静心做事，凡事追求"短平快"。"欲多则心散，心散则志衰，志衰则思不达也。"专注的人，往往能把时间、精力和智慧聚焦于关键目标，最大限度地发挥主观能动性，即便碰到诱惑、遭受挫折，也能不为所动、勇往直前，直至成功。反之，一个人如果心浮气躁、朝三暮四，干什么都会虎头蛇尾、半途而废。事实证明，如果无法保持专注，很容易陷入躁动、低效、粗浅的泥淖。

进而言之，专注也体现为一种内心的坚守，一种忘我的情怀。诗人贾岛"推""敲"未定，在驴背上想得出了神，不知不觉闯入韩愈的仪仗队。王国维亦总结过众所周知的治学三重境界："昨夜西风凋碧树，独上高楼，望尽天涯路"；"衣带渐宽终不悔，为伊消得人憔悴"；"众里寻他千百度，蓦然回首，那人却在，灯火阑珊处"。凡此莫不表明，无论读书学习还是干事创业，都体现为日积月累、历久弥深的过程，都需要目标专一、久久为功。

涵养专注力，信念与责任感是最好的守护者。古人说得好："志不立，如无舵之舟，无衔之马，漂荡奔逸，终亦何所底乎？"信念坚定方能凝神，凝神则能气定，气定而能专注。而唤醒内心深处的责任意识，时常自警自省，则能抵御外在诱惑、对抗消极散漫。对个体而言，根除沽名钓誉之心、摈弃急功近利之意、涤荡冒进浮躁之气，才能凝神静气、行稳致远，抵达成功的彼岸。

"用功譬若掘井"，一锹下去可能会遇到瓦砾，也可能会遇到岩石。但是，只要心无旁骛，倾力深挖一口井，自有清泉涌出之日。排除一切干扰、集中全部精力，始终保持那么一种静气志气、痴劲钻劲，我们就一定能看到别样的风景，成就生命的丰盈。

（摘自人民网 2017 年 9 月 20 日）

青春，因理想更丰盈

杨　昊

"祖国的青年一代有理想、有追求、有担当，实现中华民族伟大复兴就有源源不断的青春力量。"新时代对青年提出了新要求。

谈到理想，有人会想起儿时"当一个科学家"的稚嫩童言，有人会觉得虚无缥缈甚至"矫情"，也有人会感慨自己的"能力匹配不上野心"。当"回报率""收益"成为人们口中的高频词，理想内涵之一种，或许可以概括为超越功利，找到个人追求和国家发展、人民幸福的契合点。

每一代青年都有着自己的际遇。95 后已成为大学校园里的主力军，自小在优渥的物质条件、多元的文化背景和开放的价值理念里成长，让他们更加自信，也更乐于把个人理想和国家发展结合起来。当有人还在批判他们"自我"时，他们已不经意间走出了"小我"，对知识的渴求、对原则的坚守和对理性的敬畏使他们不再安于所谓的"小日子"，开始展现出观照世间的"大情怀"。海外留学生纷纷回国，年轻的大国工匠淬火成钢，一大批青年清醒着奔向"祖国最需要的地方"。强烈的现实主义情怀，正在成为他们的又一个标识。

越来越多的年轻人贯通古今，焕发出浓浓的家国情怀，正深刻影响着中国的发展。从回湘做村干部的耶鲁毕业生秦玥飞到深海载人潜水器"蛟龙号"首批最年轻潜航员之一唐嘉陵，从被授予"时代楷模"荣誉称号的铁甲精兵王锐到为国争光的乒乓球大满贯选手丁宁，他们身上都充满着创造力和正能量，他们自信地改变世界，最终在这个伟大的进程中，实现了自我。

当你嫌理想过于高蹈，难以化为前行动力的时候，不妨从上述的先行者身上学习，借鉴这些具有大境界的年轻人的成长策略。与其抱怨理想太远而焦虑迷茫，不妨从自己的兴趣点出发，从一个个"小目标"努力，用实打实的本领让自己飞起来，一路"通关升级"，就会离自己期待的样子越来越近。与此同时，更要有把理想付诸实践的行动力，相信个人奋斗对社会进步的推动力量，从改变自己开始推动社会的改变。正如鲁迅先生所希望的那样："愿中国青年都摆脱冷气，只是向上走，不必听自暴自弃者流的话。能做事的做事，能发声的发声。有一分热，发一分光，就令萤火一般，也可以在黑暗里发一点光，不必等候炬火。"

新时代为年轻人人生出彩搭建了广阔的舞台，赋予年轻人无限的机遇、更多的可能和足够的宽容，能够妥帖安放更多人的理想。正如先驱李大钊当年那振奋人心的号召："黄金时代，不在我们背后，乃在我们面前；不在过去，乃在将来。"以理想绘就底色，青春才真正饱满丰盈。新时代呼唤更多充满理想主义的年轻人，在"干"字当头的社会氛围中，源源不断地注入青春动能。

（摘自人民网 2017 年 12 月 5 日）

回忆我的语文老师

曹文轩

我的高中是在"文化大革命"中度过的。说到这个时期,大家很快会想到一个词,叫"荒漠"。因为这是一个一望无际的荒漠时代。可是你们大概谁都想不到,本人受到的最好的教育恰恰是在"文化大革命"中。为什么?因为当时有一批苏州城、无锡城名校里头的教师,被下放到江苏盐城那一大片芦苇荡里。他们到了我所在的中学,做了我的老师。

我的物理老师,我的化学老师,我的数学老师,乃至教我们打篮球、跳绳的体育老师,都是苏州城里名校的名师。今天要再找到这样一所学校,我以为是绝对不可能的。所以讲,本人在"文化大革命"中受到的教育是"盛宴",是"满汉全席"。这个世界就是这样奇怪,在这样一个大的背景下,这个小小的环境,和大的环境是完全不一样的。我所有的老师都学养深厚,比如说我的数学老师,他讲课绝对不会复习上一节课的内容,因为在他看来,"我讲过的孩子们就一定懂了,不用复习",所以他讲过的课永远是一条直线,起点在哪儿,就从那个地方出发。

他的板书也特别棒。因为我们特别喜欢他的板书,所以每次在他上数学课之前,我们都不是用黑板擦,而是用湿毛巾反复地擦拭,直到把这块黑板擦得黑亮黑亮的。他讲数学课的时候,一边讲一边从右上角开始写那些公式、那些定理,等把课讲完,正好是一整面黑板的字。可惜当时没有相机,如果用相机把那个画面拍下来,今天装裱起来,挂在家里的墙上,就是一幅非常有装饰感、现代性很强的画。

那些老师各有各的品性,各有各的脾气。比如我的数学老师,他的性格非常缓慢,我的语文老师曾经形容过他,说有一天他的衣服着火了,他首先会问:"这个火是从哪里来的呢?"他就是这样一位数学老师。

特别要感激的是我的语文老师,她是南京大学的高才生,是一个高高的,身体非常扁平的女人。这位女性是我心目中最高贵、最美丽的人。在以后的生活中,我千百次寻找过,但是再也没有找到过一位这样的女性。

我记得她第一次走上讲台,把两只手轻轻地悬在讲台上,她没有带粉笔,没有带备课笔记,也没有带语文教材,是空手走上来的。她望着我们,说:"同学们,什么叫'语文'。"然后她用了两节课的时间,给我们阐释了什么叫"语文"。那期间,天开始下雨,她把脑袋转向窗外,对我们说:"同学们,你们知道吗,一年四季的雨是不一样的。"

然后她又说:"同学们,你们知道吗,一天里的雨也是不一样的,上午的雨与早晨的雨不一样,下午的雨与上午的雨也不一样,傍晚的雨与夜里的雨也不一样。"然后她又说:"同学们,你们知道吗,雨落在草丛中和落在水塘里,那个样子和发出来的声音都是不一样的。"我至今还记得,我们所有的同学都把脑袋转向了窗口,外面有一大片荷塘,千条万条银色的雨丝正纷纷飘落在那口很大很大的荷塘里。这就是我的语文老师。

大概一个星期之后,她走上讲台,那是一节作文课。她说了一句话:"同学们,你们知道吗,我们班上作文写得最不好的同学是曹文轩。"在此之前,我的历任语文老师都说作文写得最好的同学是曹文轩。这个反差太大了！对我来讲，这个打击是巨大的，我根本无法接受她的判断，所以我当着她的面就把作文本撕了，扔在了地上，一头冲出教室，来到了离教室不远处的一条大河边。我至今还记得，我坐在大河边上，望着那条河，把地上的石子、瓦片一块一块狠狠地砸到水面上，一边砸，嘴里一边骂："丑八怪！"晚上，我回到学校，来到了她的宿舍门口，我记得自己不是轻轻地把她的门敲开，而几乎是用脚把她的门踢开的。她拉开了门，站在门口，微笑地看着我，说："你请进来坐一会儿。"然后我就进了她的卧室，看到了她不知道从哪里搞来的我的六本作文本。她把这六本作文本一本一本地排列在她的桌子上，然后说："你过来看看，我们先不说内容，就看这些字，前几本的那些作文，字非常稚拙，但是能看出你非常认真。你再看看最后一本作文，你的字已经张扬到什么程度了，你已经浮躁到什么程度了？"

她又说："在这六本作文里，都有一篇作文是写春天的，你在第一本里写春天的时候是非常诚实的，是非常朴素的对春天的描写，但是后来你慢慢地控制不住自己了，你有必要用那么多形容词吗？你的作文写得越来越臃肿，越来越夸张。当那些老师都说你有才气的时候，你就已经不知道自己是谁了。"她说："才气，有时候是害人的。"

我记得那一天离开她的宿舍，走进校园，月亮特别好。清澈的月光铺在校园里头。那个夜晚是值得我一生铭记的。没有那个夜晚，就没有我以后漫长的人生道路。这就是我的语文老师。

我要说语文和语文老师，对一个学生的成长是至关重要的。我这里无意贬低其他学科的老师对学生的作用，我只是说语文和语文老师是无可替代的。语文老师永远是一所学校的品质构建者和体现者。我无法想象一所学校没有语文和语文老师，我也无法想象这个世界上没有语文和语文老师。

（摘自微信公众号"原乡书院"）

"过得去"与"过不去"

刘良军

据身边人回忆，当年黄大年教授准备由英国启程回国时，有一种声音颇具代表性：以你现在的学术造诣和学术威望，生活完全"过得去"，可以轻轻松松、衣食无虞。反之，回到国内，一切都需要从头再来，何必自己与自己过不去呢？但就是在质疑声中，著名地球物理学家黄大年毅然选择了"自己与自己过不去"的别样人生，直至如老黄牛一般鞠躬尽瘁、死而后已，走完其光辉的一生。

诚然，常人眼里，做学问、穷真理，到了一定阶段，尤其可以"笑傲江湖"之时，实在没有必要与自己过不去，毕竟"吾生也有涯，而知也无涯"；做生意、干实业，有了相当的物质财富积累之后，也可以适时刀枪入库、马放南山。正是在种种"别与自己过不去"的劝告、忠告、警告之下，我们看到，的确有一些人选择了守成。

只是，偏偏另有一种人反其道而行之，宁愿逆流而上，要与自己"过不去"，并坦言享受的就是这种与自己过不去的"执拗"人生，觉得"过得去"的人生似乎就少了颜色，乏有动力，没有了生机。

某种程度上，与自己过不去，就是自我挑战人生极限，极力追求个人能量得以完全释放，自我价值得到最大彰显的快乐感、成就感。"不到黄河心不死""不到长城非好汉"，人生成功的道路固然千万条，但不可能条条都一帆风顺，常常需要艰难困苦，玉汝于成。这就意味着蜻蜓点水、浅尝辄止不可能心想事成，没有一股气、一股劲，就走不出一条好路、一条新路。有多大热、发多大光，生命不息、奋斗不止，才能收获"风景这边独好"的幸福和喜悦。

与自己过不去，就是时刻警醒自己，以免"温水煮青蛙"，于不知不觉间淡漠了初心，丧失了意志。人的一生"不如意事常八九"，不可能时时、事事走顺风路，抑或匀速、全速行进。由此，春风得意时，难免得意忘形、迷失自我；困顿失意时，也有可能自甘沉沦、萎靡不振。而二者放任自流，必然殊途同归，后果就是"今朝有酒今朝醉"，满足现状、及时行乐。

每个人都不是他人的再版，也不可能是他人的翻版或改版，而是自己的原版、独版。要想沿着自己的人生憧憬与规划蓝图有条不紊、行稳致远，就要突破"过得去"的心理舒适区，常思与自己"过不去"，不断突破自我、战胜自我，如此才能成就一个"不一样"的真我。

（摘自人民网 2017 年 10 月 31 日）

湍流卷不走的先生

从玉华

进入人生的第九十九个年头，李佩大脑的"内存越来越小"，记忆力大不如前了。她一个月给保姆发了 3 回工资；她说现在的电视节目太难看了——"民国的人去哪儿了？"

在她狭小的客厅里，那个腿都有些歪的灰色布沙发，60 年间，承受过不同年代各色大人物各种体积的身体。钱学森、钱三强、周培源、白春礼、朱清时、饶毅、施一公……都曾坐过那个沙发。但是有时人来得多了，甭管多大的官儿，都得坐小马扎。

她一生都是时间的敌人。70 多岁学电脑，近 80 岁还在给博士生上课。进入晚年后，她创办了比央视"百家讲坛"还早、规格还高的"中关村大讲坛"。没人数得清，中科院的老科学家中有多少是她的学生。甚至在学术圈里，从香港给她带东西，只用提"中关村的李佩先生"，她就能收到了。她的"邮差"之多，级别之高，令人惊叹。

在钱学森的追悼会上，有一条专门铺设的院士通道，裹着长长的白围巾的李佩被"理所当然"地请到这条道上。有人评价，这位瘦小的老太太"比院士还院士"。

"生活就是一种永恒的沉重的努力"

这位百岁老人的住所，就像她本人一样，颇有些年岁和绵长的掌故。

中关村科源社区的 13、14、15 号楼被称为"特楼"，那里集中居住过一批新中国现代科学事业的奠基者。钱学森、钱三强、何泽慧、郭永怀、赵九章、顾准、王淦昌、杨嘉墀、贝时璋等人都曾在这里居住。

如今，李佩先生 60 年不变的家，就像中关村的一座孤岛。这座岛上，曾经还有大名鼎鼎的郭永怀先生。

郭永怀、李佩夫妇带着女儿从美国康奈尔大学回国，是钱学森邀请的。

回国后，郭永怀在力学所担任副所长，李佩在中科院做外事工作。直至我国第一颗原子弹成功爆炸的第二天，郭永怀和好友一起开心地喝酒，李佩才意识到什么。

1968 年 10 月 3 日，郭永怀再次来到青海试验基地，为中国第一颗导弹热核武器的发射从事试验前的准备工作。12 月 4 日，在试验中发现了一个重要线索后，他当晚急忙赶到兰州，乘飞机回北京。5 日凌晨 6 时左右，飞机在西郊机场降落时失事。烧焦的尸体中有两具紧紧地抱在一起，当人们费力地把他们分开时，才发现两具尸体的胸部中间，一个保密公文包完好无损。最后确认，这两个人是 59 岁的郭永怀和他的警卫员牟方东。

郭永怀曾在大学开设过没几个人听得懂的湍流学课程，而当时失去丈夫的李佩正经历着人生最大的湍流。

据力学所的同事回忆，得知噩耗的李佩极其镇静，几乎没说一句话。在郭永怀的追悼会上，被怀疑是特务、受到严重政治审查的李佩一个人孤零零地坐在长椅上。

郭永怀走后 22 天，中国第一颗热核导弹试验获得成功。

那些时候，楼下的人常听到李佩的女儿郭芹用钢琴弹奏《红灯记》中李铁梅的唱段："我爹爹像松柏意志坚强，顶天立地……"后来，李佩将郭永怀的骨灰从八宝山烈士公墓请了出来，埋葬在中科院力学所内的郭永怀雕塑下面。

此后的几十年里，李佩先生几乎从不提起"老郭的死"，没人说得清，她承受了怎样的痛苦。只是，有时她呆呆地站在阳台上，一站就是几个小时。

更大的生活湍流发生在 20 世纪 90 年代，李佩唯一的女儿郭芹也病逝了。没人看到当时年近八旬的李佩先生流过眼泪。老人默默收藏起女儿小时候玩的能眨眼睛的布娃娃。几天后，她像平常一样，又拎着收录机给中国科学院研究生院的博士生上英语课去了，只是声音沙哑。

"生活就是一种永恒的沉重的努力。"李佩的老朋友、中国科学院大学的同事颜基义先生，用米兰·昆德拉的这句名言形容李佩先生。

1999 年 9 月 18 日，李佩坐在人民大会堂，国家授予 23 位科学家"两弹一星"功勋奖章，郭永怀先生是其中唯一的烈士。该奖章直径 8 厘米，用 99.8%的纯金铸造，重 515 克——见到的人都感慨，"确实沉得吓人"。

4 年后，李佩托一个到合肥的朋友，把这枚奖章随手装在朋友的行李箱里，捐给了中国科学技术大学。时任校长朱清时打开箱子时，十分感动。

没什么不能舍弃

钱、年龄对李佩而言，都只是一个数字。她在北大念书，北平沦陷后，她从天津搭运煤的船到香港，再辗转经过越南，进入云南西南联大。她在日本人的轰炸中求学。她曾代表中国，参加在巴黎举办的第一次世界工联大会和第一次世界妇女大会。她和郭永怀放弃了美国的三层小洋楼，回国上船时把汽车送给最后一个给他们送行的人。这个经历过风浪的女人，在那个年代做了很多擦边的事，有的甚至是"提着脑袋"在干。

"文化大革命"刚刚结束，人才匮乏。李佩找到那些曾被打成右派甚至进过监狱的英语人才，让他们从事教学工作。事实证明，她的眼光很准。她请出山的许孟雄，后来成为邓小平同志 1979 年 1 月出访美国时英文文件的把关人。

她还和李政道一起推动了中美联合培养物理研究生项目，帮助国内第一批自费留学生走出国门。到 1988 年该项目结束时，美国 76 所优秀大学接收了中国 915 名中美联合培养的物理研究生。当时没有托福、GRE 考试，李佩先生就自己出题，李政道在美国哥伦比亚大学选录学生。

她筹建了中国科学院研究生院（后更名为"中国科学院大学"）的英语系，培养了新中国最早的一批硕士、博士研究生。当时国内没有研究生英语教材，她就自己编写，每次上课，她带着一大卷油印教材发给学生。这些教材沿用至今。

她进行英语教学改革，被美国加州大学洛杉矶分校语言学系主任 Russel Campbell 称作"中国的应用语言学之母"。她大胆地让学生读《双城记》《傲慢与偏见》等原版英文书。所有毕业生论文答辩时，她都要求用全英文陈述。

1987 年，李佩退休了，她高兴地说，坐公交车可以免票了。可她接着给博士生上英语课，一直上到 80 来岁。

中国科学院大学党委副书记马石庄，是李佩的博士英语班上的学生。如今，他在大小场合发言、讲课，都是站着的。他说，这是跟李佩先生学的，"李先生 70 多岁时在讲台上给博士生讲几个小时的课，从来没有坐过，连靠着讲台站的姿势都没有"。

在马石庄眼里，李先生是真正的"大家闺秀"。"100 年里，我们所见的书本上的大人物，李佩先生不但见过，而且与他们一起生活过、共事过，她见过太多的是是非非、潮起潮落。"

在李佩眼里，没什么是不能舍弃的。几年前，一个普通的夏日下午，李佩让小她 30 多岁的忘年交李伟格陪着，一起去银行，把 60 万元捐出——力学所和中国科学技术大学各 30 万元。没有任何仪式，就像处理一张水电费单一样平常。

前年，郭永怀 104 岁诞辰日，李佩拿出陪伴了自己几十年的藏品，捐给力学所：郭永怀生前使用过的纪念印章、精美计算尺、浪琴怀表，以及 1968 年郭永怀牺牲时，中国民航北京管理局用信封包装的郭先生遗物——被火焰熏黑的眼镜片和手表。

探求"钱学森之问"

李佩的晚年差不多从 80 岁才开始。81 岁那年，她创办"中关村大讲坛"，从 1998 年到 2011 年，每周一次，总共办了 600 多场，能容纳 200 多人的大会厅每场都坐得满满当当。黄祖洽、杨乐、资中筠、厉以宁、程郁缀、沈天佑、高登义、甘子钊、饶毅等名家，都登上过这个大讲坛。"也只有李佩先生能请得动各个领域最顶尖的腕儿。"有人感慨。

等到 94 岁那年，李佩先生实在"忙不动"了，才关闭了大型论坛。在力学所的一间办公室里，她和一群平均年龄超过 80 岁的"老学生"，每周三开小型研讨会，这样的研讨会延续至今。

有人回忆，在讨论"钱学森之问"求解的根本出路时，三个白发苍苍的老者并列而坐。北大资深教授陈耀松先生首先说了"要靠民主"四个字，紧接着，郑哲敏院士说："要有自由。"随后，李佩先生不紧不慢地说："要能争论。"这一幕在旁人眼里真是精彩、美妙极了。

在李佩 90 多岁的时候，她还组织了 20 多位专家，把钱学森在美国 20 年做研究用英文发表的论文，翻译成中文，出版了《钱学森文集》中文版。对外人，李佩先生常常讲钱学森，却很少提郭永怀，旁人说李先生太"大度"了。

不孤独

因为访客太多，李佩先生家客厅的角落里摆了很多小板凳。有年轻人来看她，八卦地问："您爱郭永怀先生什么?"她答："老郭就是一个非常真实的人，不会讲假话。老郭脾气好，不像钱学森爱发脾气。"

曾有人把这对夫妇的故事排成舞台剧《爱在天际》。有一次，李佩先生去看剧，全场响起了热烈的掌声。但人们从她的脸上，读不出任何表情，那似乎在演着别人的故事。

"不老"的李佩先生确实老了。曾经在学生眼里"一周穿衣服不重样"、耄耋之年出门也要把头发梳得一丝不乱还别上卡子的爱美的李佩先生，已经顾不上很多了。

那个她曾趴在窗边送别客人的阳台落满了灰尘，钢琴很多年没有响一声了，她已经忘了墙上的画画的是她和郭永怀相恋的康奈尔大学。记忆正在一点点断裂。

早些年，有人问她什么是美，她说："美是很抽象的概念，数学也很美。"如今，她直截了当地说："能办出事，就是美！"

很少有人当面对她提及"孤独"两个字，老人说："我一点儿也不孤独，脑子里有好些事。"

相反，她感慨自己"连小事也做不了"。看到中关村车水马龙，骑自行车的人横冲直撞，甚至撞倒过老院士、老科学家，她想拦住骑车人，但她说："他们跑得太快，我追不上了。"

尽管力气越来越小，她还是试图对抗庞大的推土机。

在寸土寸金的中关村，科源社区的 13、14 和 15 号楼也面临拆迁的命运。李佩和钱三强的夫人何泽慧院士等人，通过多种渠道呼吁保护这些建筑，力求将中关村"特楼"建成科学文化保护区。中关村的居民感慨："多亏了这两位老太太！"

如今，"内心强大得能容下任何湍流"的李佩先生似乎越来越黏人。有好友来看她，她就像小孩一样，闹着让保姆做好吃的；好友离开时，她总是在窗边看好友一步三回头地走远，一点点变小。

摘下助听器，李佩先生的世界越来越安静。知道李佩这个名字的年轻人越来越少了。

但每一个踏进李佩先生家的人都会很珍惜拜访的时间，会努力记住这个家的每一处细节。大家都明白，多年后，这个家将是一个博物馆。

（摘自《中国青年报》2016 年 1 月 13 日）

古城卫士

陈全忠　二向箔

在现代化的进程中，凝结着乡愁符号的古镇和古村落的建筑与文化风貌或多或少地遭到破坏，有些"乡愁"不明不白地就被拆掉了，导致人们越来越难找到对故土的认知和精神归属。旧城换新貌，但是这新貌不是我们想要的。生搬硬造的假古董无法激发人们的共鸣，没有对历史、对先民生活的尊重，也就构不成乡愁。

现在，越来越多的人开始觉醒，加入到保护家园的行列中来。那些保存完好的古镇和古村落，可以存放人们内心深处对家园的依恋，寄托对诗意栖居的渴望。

被人们称作"古城卫士""古城保护神""都市文脉守护者"的阮仪三说："在发展中守护城乡遗产，留住'乡愁'，是中国走向现代化的同时，又不失去本民族文化传统的必由之路。"

刀下救平遥

战乱年代，5 岁的阮仪三随母亲迁居到老家扬州，这也是他曾祖父、清代大儒阮元的家乡。在那里，阮仪三每天和姐姐一起在私塾读书。

作为家中长子，阮仪三的父亲要求他承担起看守书房的职责。那时候，趴在床上读书的他每天都会听到母亲在窗外呵斥："仪三，仪三，关灯睡觉了！"而他总是把灯关一会儿，再悄悄打开继续读书。不知不觉，幼年的阮仪三心中埋下了一颗传统文化的种子。

17 岁那年，阮仪三报名参加了海军。当兵 5 年后，阮仪三考进同济大学建筑与城市规划系，师从中国古建筑园林艺术专家陈从周教授。刚进大学时，陈从周主讲"中国建筑"。第一堂课，陈从周看到阮仪三的大名，脱口道："你是扬州阮家第四代，'三'字辈的。阮元你了解吗？"

从此，一场师生忘年交拉开帷幕。阮仪三开始跟着陈从周编教材、调查古建筑。后来，陈从周不给他们班上课了，仍然把他带在身边。外出调研时，他帮忙提包、做笔记；上课时，他把老师的绍兴话翻译成普通话。通过陈从周，他有幸结识了京城的那些大师，享受他们不时打来的电话："阮仪三，那里有个好城市，去看看。"

后来阮仪三师从董鉴泓教授，学习中国城市建设史。为了编写《中国城市建设史》，每年一放暑假，阮仪三便随着老师跑城市、做调查。老师年纪大了跑不动，阮仪三就自己跑。这一跑就是 20 年，跑了中国 100 多个城市。无论是古都名城，还是人口较少的城市，都留下了他的足迹。"那时候的城市漂亮极了，虽然有些破败，但每个地方都有自己的特色。江南有水乡的诗情画意，西北则有一座座壮观完整的城墙。"

毕业后的阮仪三留在同济大学教书，但更多的时候他身处挽救古城镇的一线。

20 世纪 80 年代，全国各地开始了大规模的建设，在现代化的城市设计理念下诞生了一批看似高端又速成的建筑物群。这股强大的"建城"之风所到之处，许多城镇街区纷纷被拆除，速度之快、手段之野蛮，简直史无前例。很多生活在古镇、古村中的居民，甚至这些地区的管理者，对于这些遗存古村镇的价值并没有深刻的认识。殊不知建新拆旧的过程中，被毁坏的历史文化，正是我们的根。

阮仪三曾跟着老师在山西大同沿线做历史城镇调查，那时山西、陕西的城镇，大多保持着唐宋以来的原貌。而时隔 10 年，阮仪三带学生前往山西做城市规划，此时的平遥，却是一片疮痍。平遥准备在古城中纵横开拓几条大马路，开辟城中心广场，建设新的商业大街。

被这个宏伟计划吓坏的阮仪三，发现古城西部已经开始动工，100 多座明清建筑已被拆毁，城墙也出现了大口子。为了拓宽马路，道路两旁的民居已经被拆除。他强烈要求平遥县政府马上停止这种破坏性建设，以免费重做规划为条件，才暂停了施工。回到上海的阮仪三，又紧急借了 3000 元，利用暑假迅速带领 11 名研究生和本科生开赴平遥，重新制订了一份规划。

惊痛于古城惨状，他马上找到山西省建委，呼吁停止拆除行为，得到的回复是只能停止施工一个月，在这期间要做好规划。阮仪三立即邀请同济大学建筑系教授董鉴泓现场指导，请陈从周先生写出书面意见。为了确保平遥县政府接受这个"不合时宜"的规划，他又将保护古城的规划方案和说明风貌完整的古城价值极高的全部资料直送北京，邀请建设部高级工程师、全国政协城建组组长郑孝燮、文化部高级工程师、全国政协文化组组长罗哲文到平遥考察，以引起山西省和平遥县政府的重视。

那个时候在平遥的日子异常艰苦。阮仪三的学生回忆道："我们住在平遥县政府招待所，每天晚上要放一杯水，第二天沉淀后，下半部分是黄沙，上面的清水用于刷牙。"因为要重新修缮古城和当时搞开发的规划完全不一样，当地官员认为这是在阻碍平遥发展，对阮仪三和他的团队态度也不好，常常大嗓门嚷嚷。阮仪三却不放在心上，还自费送当地官员去同济大学参加保护古城的培训。

最终平遥古城被完整保存下来，后来成了世界文化遗产。这段"刀下留城救平遥"的经典故事，也开启了阮仪三"古城卫士"的生涯。

誓死护周庄

周庄，差不多同时被抢救了下来。随着苏南乡镇企业的快速发展，众多江南古镇面临被拆的危机。阮仪三主动提出要为古镇做保护规划。经过调研，当时江南一带的古镇就有 170 个。阮仪三一个一个跑。

"汽车一响，黄金万两；要想富，先开路。"很多古镇在公路沿线，一开路把老房子都推倒了，把河填掉，把桥拆掉。对于阮仪三的保护规划理念，很多古镇管理者拒绝接受。

阮仪三很痛苦，后来他改变了策略，不再找那些交通沿线的古城镇，转而寻找一些开发意识比较淡泊的地方。当时还很偏僻的周庄，保存着良好的传统民居生态，吸引了阮仪三。他主动提出免费做规划，方案是先保护古镇，然后在古镇外面发展工厂。

第一次，护镇心切的阮仪三揣着江苏省建委的红头介绍信去了，可当地官员们不买账："保护古镇就是保护落后，马达响才是硬道理！""什么规划？蓝图全在我脑子里！""我们忙得要死，不要你们知识分子来管闲事。"

再去周庄时，他把刚刚拿到的一笔 5000 元科研经费直接汇到了周庄的账户里。阮仪三知道，如果以牺牲古镇居民的生活质量来保护古镇，便不会长远。于是他和地方政府商量，将门票收入的 10% 作为古镇保护基金，他用 3 年时间把周庄古镇的给排水、电力等所有基础设施重新完善。听说北京大地建筑事务所设立了一个"大地农村发展基金"的项目，他马上就提出了申请，并且邀请项目负责人金瓯卜考察周庄，成功申请到相关资金。除了申请资金，他还想尽办法帮助周庄古镇进行旅游推广，他把论坛开到周庄，把摄影师请到周庄。古香古色的小桥、流水、人家，瞬间吸引了许多外来的游客，周庄的美景就这样由专家、艺术家带到了上海、北京。

周庄成为江苏省第一个卖专业反转胶卷的小镇，有些人开了饭店、旅馆，个体经营转向了旅游业。就这样，人和古镇再次实现了和谐。

  周庄的旅游火起来了，苏州市规划造一条从周庄西北侧穿镇而过的柏油大马路。公路修到镇门口，遭到阮仪三的阻截："这条路把周庄的古镇格局给破坏了！要在周庄开路，就从我的身上轧过去！"此役以修路人的退缩而告终。

  有些当年被他骂得狗血淋头的官员，现在每逢过年过节，还来看他。因为经过规划与保护的古城镇，实现了可持续发展，比盲目建造商业圈效果好得多。

  平遥、丽江、周庄、同里、乌镇、甪直、西塘……这些旅游胜地一到节假日就人满为患，风格迥异的旅游胜地的规划都出自阮仪三之手。阮仪三指导下的古镇相继闻名后，不少人开始登门拜访，邀请阮仪三进行规划。

  为确保古镇的保护能够严格按照规划进行，每做一个项目，阮仪三都会安排一个学生全程跟踪。在这样的监督之下，当地政府还是会做出一些让阮仪三哭笑不得的决定。比如，在古镇外兴建了一条商业街，又或者在水乡中间建了一座混凝土的桥……事实上，阮仪三并不是完全反对新建，贝聿铭设计的苏州博物馆就让他赞赏不已——以现代材质营造苏州清秀的水乡亭台，既保护了整体风貌，又传承了文化。在他看来，建筑与古镇应该留下每一个年代的痕迹，让历史可以被读取。

  阮仪三推崇的"新旧分开，修旧如故"的规划理念，在国内受到不少阻力，让他感到欣慰的是，国际上对他的所作所为表示了认可：阮仪三于 2003 年获得了联合国教科文组织遗产保护委员会颁发的亚太地区"文化遗产保护杰出成就奖"，又在 2014 年获得美国圣母大学专门针对古城镇保护而设置的"亨利·霍普·里德奖"，成为首位获此殊荣的亚洲学者。

都市文脉的守护者

  如今早已过了退休年龄的阮仪三依然致力于文化古城的保护，他每年仍会到全国各地古城进行调查，每年都要花费 20 万元左右。他笑着说："我每年调研都要花掉一辆小轿车的钱，而所有的经费都是自己承担。"

至今，阮仪三和老伴仍旧住在同济大学的房子里。不过对于阮仪三来说，房子够住就好，他更着急的是自己做的历史文化遗产保护与发展研究在中国还很不成气候。过了退休年龄后，阮仪三知道自己是在超龄工作，但面对国内对历史文化遗产保护与发展的忽视，他觉得重任在肩不能停，要让更多的人知道并且重视古迹的保护与修缮。

面对失落的故乡、消亡的古镇，乡愁最终将变成哀愁。"不要再愁了，我们要留住它！"阮仪三说，"我觉得我们这些有古城保护方面知识的人，有义不容辞的责任，要尽心地去发现和保护古城，能保住一个是一个。"于是在漫长的日子里，他带领着学生，跋山涉水地到一些城镇和村落去调研，去发掘那些具有历史文化价值的城镇和村落。

"上海阮仪三城市遗产保护基金会"成立后，阮仪三与中国城市规划设计研究院合作启动了"遗珠拾粹"项目，项目涉及全国100多个城镇，其中已经有30多个成为国家级的名城、名镇。这些工作都很重要，如果不去调查，不去研究，很多遗存就被湮没了。

阮仪三还建立了"遗产保护工作营"，不仅自己亲力亲为，还发动志愿者一起进行遗产保护，传承这项事业，他用这样的方式来收集散落在各处的乡愁。山西新绛古城，正是一个例子。在走访考察中，阮仪三发现了隋唐园林和古建筑，亲自写报告、做规划；另一边，新绛遗产保护志愿者工作营也开始运作起来，带动青年人一起参与到保护工作中。

这样一个都市文脉守护者，带领一队古城的忠贞卫士，深入无数城镇和乡村，不仅成为区域交流的桥梁和纽带，更以实际行动留住了乡愁。一个个曾经被时光遗忘的地方，用最初的美重新打动着这个世界。

（摘自《读者》2017 年第 8 期）

致新战友的一封信

韩卫国

全体新兵战友们:

你们好!

马上就到国庆节和中秋节了,你们将在军营度过第一个与在家完全不一样的节日。给大家写封信,交流一下思想。

你们吃得饱吧? 1970 年,我和你们一样在懵懂和憧憬中来到军营,一个月只有 6 元津贴,每天 0.46 元伙食费,饭能吃饱但菜不好,每个节日不是炒几个菜加餐,而是做一锅肉很少的面条,或者分点面菜各班包一次素馅饺子。记得有一次人想吃肉了,花了 3 毛多钱买了一罐午餐肉罐头,还没吃完,就被副连长发现了。他非常生气地说:只有资本家才吃罐头,你是忘本。为此我在全连做了检讨,并推迟了入团时间。现在部队生活好了,但不要浪费,过节了,想吃什么告诉连长指导员。

你们训练苦吗？我们当兵时训练内容不太多，毛主席要求，步兵一个月要能打仗。只练射击、投弹、刺杀、爆破、土工作业五大技术。现在入伍训练九个科目，也不太多。但你们刚开始训练，可能不太适应。你们有文化，要先弄清动作要领，问问班长，训练还存在什么问题。你们要吃苦，有的训练内容需要反复训练，包括队列、射击、投弹、自救互救等训练。但一定要遵循科学规律，严格遵守安全规定。不要过度超强训练，不要带病坚持训练，不要带着情绪训练，不要在没有连队组织的情况下自行训练。绝不能训练受不了而私自离队。每周开个民主会，评教评学。过去，我们当新兵时，敢于给班长甚至连长提出意见建议。

班长带兵粗暴吗？我当新兵时，班长在训练急时，也有踢过我的屁股。我会生气。但我的班长是个面冷心热的好班长，每当吃饭时，他总把仅有的几块肉拨到我的碗里，野营睡觉时，他总是睡在漏风的门口边，晚上还替我站一岗。徒步拉练时，他总是抢着帮我背武器装备。一次我生病，平时非常抠门的班长（他已经结婚，每月只花2角钱），给我买了一个鸡蛋，让炊事班给我煮了一碗面条，这顿饭让我流下了眼泪，永远不会忘记。班长退伍时，我买了一只鸡，煮熟请他吃。现在班长已经70多岁了，仍还记着我，我视他为亲哥哥。

军人是一个非常光荣的职业。光荣就光荣在能为国家和人民吃苦做奉献。任何一个国家都非常尊重军人这个职业。我国第一位女航天员刘洋同志讲过："我唯一的遗憾就是只能为祖国牺牲一次。"这就是军人对祖国的忠诚表白。你们在今后的军营生活中，特别是在战备训练中，会越来越热爱这支军队，会与部队战友们结下深厚友谊。大家期盼你们，一定能成为习主席的好战士，一定能成为"四有"新一代革命军人。

要把第一个节过好。我提醒大家认真洗个澡，特别是地处新疆、西藏和寒区的新兵，要晒晒被子，洗洗军装，特别是洗洗你们的臭鞋。记着中秋节给家里的亲人去个电话，代我向他们问好。每天还要坚持出早操、参加晚点名。每天看看书、打打球、打打牌，和干部班长一块比赛，赢他们。如果有可能，提倡到炊事班帮帮厨。外出一定要请假，返回一定要按时销假。总之，希望大家过一个愉快、平安的节日。祝你们节日快乐、身体健康。

陆军司令员　韩卫国

2017 年 9 月 29 日

（摘自人民网2017年9月30日）

注重实干的福建人

吴柏鸿

天下第一难懂的福建话

在唐朝前后，北方移民大量南迁，来到福建垦殖，在此繁衍生息，特别是在闽北、闽西的山区中，这就使得福建人口构成中除了当地的闽越人，还有大量北方移民，在血统上也就有了北方血统。

星移斗转，岁月长流，但福建人身上的北方血统并没有消亡，许多接触过福建人的人都有这样的评价，福建人比较直爽、实在，这是不是因为"北方血缘"的承袭已难以考证，但北方移民对福建人性格心理的影响是很大的这一点是毋庸置疑的。时至今日，福建一些地区仍有浓重的北方语言文化的影子。比如，位于闽西的客家人是唐宋时期从中原一带南迁而来的，一路辗转到了福建，相对当地已有的居民而言，后到为客，故称客家，如今，许多客家话的发音，如"筷"

"书""茶""秒"，与普通话完全一样，许多从来没有听过客家话的人，来到闽西客家，听当地人讲客家话，也能听懂不少。

福建方言之复杂是举世闻名的，在这里没有统一的"福建话"，只有具体的方言，这方言种类之多、变化之多，使福建话十分难懂，也很神秘。外地人到福建，与福建人接触，深感畏惧的就是语言障碍，一旦福建人说起方言，外地人顿时便会脑袋发怵。而福建人去外地，感到棘手的同样也是语言，因为福建语系与普通话太不沾边了，说普通话时总是有股很浓郁的福建味！不仅如此，就连福建人与福建人之间用方言来交流也很困难：福州人遇到厦门人，听不懂厦门话；厦门人到了龙岩，也听不懂龙岩话；龙岩人去了与之相邻的永定，也听不懂客家话……有时连福建人自己都感到即使是在同一个语种的人之间，也很难用方言交流，就像泉州人讲话真可谓是声嘶力竭，好像有人卡着脖子，他们把男人叫"打包"，女人叫"茶碗"，这一点很多不明泉州风俗的福建人都是听不懂的！

福建人信奉一个处世原则：少说多做，注重实干。他们自己很不喜侃谈，也不太喜欢夸夸其谈的人，对那种光说不干的"天桥把式"更是看不惯。这可能与福建方言太多有关系，福建人相互间用语言交流比较困难，于是只能借助其他方式来表达思想感情，天长日久使人养成了这种重行轻言的习惯。

绝大部分福建人不喜空谈，他们比较沉默，话不多，显得"内秀"，一般不愿意在公众场合眉飞色舞地表露自己，所以也难以成为聚会的焦点人物。

福建人虽言语不多，却心如明镜，内心深处自有他们的价值判断与行动指针。跟福建人交往，刚开始也许会觉得他们"淡漠""不够热情"，其实福建人不是这样，他们虽话不多，但他在实实在在地注意你、认识你，他是用心在与你交流的，而非光凭语言。时间长了，相互有了了解，彼此感觉"投缘"，感情自然就深了，这时你会对"君子之交淡如水"这句古话别有一番感触。这种交往的感觉，就像闽南人喝"功夫茶"，慢慢地泡，慢慢地品，从从容容，余味悠长。想同福建人交往，不妨像喝茶一样少一些急躁，多一些从容。

许多人一说起福建人，第一感觉就是他们脑子活，会赚钱。的确，这些年，福建已成为人们关注的热点地区之一，人们关注福建，也就是因为福建是开放的、经济发达地区。

20 世纪 80 年代初期，福建石狮的服装、鞋子很出名，在内地是十分抢手的，当时在北京街头出现了不少石狮服装店，远在新疆、东北的生意人，也千里迢迢来石狮进货，而石狮的服装受欢迎，一个重要的原因就是款式新颖，很新潮！当时国内很多人都有这种概念：要买新潮服装，就到福建石狮。而石狮也因为总有新鲜的东西，花色品种非常丰富，甚是引人注目，成为人们到福建旅游的必去之地。

柔中有刚的福建人

福建作为一个南方省份，不论是地域环境还是历史文化，都有其复杂性，这在很大程度上使福建人的性格心理变得复杂而多层面。福建北部与西部是山区，山区人比较质朴、直爽，东部与南部邻海，海边的人显得更精明。但在总体上看，福建人的性格除了务实，还有一个非常明显的共性——柔中有刚。他们虽话语不多，外表平和、含蓄，不咄咄逼人、锋芒毕露，内在却刚强、坚毅、执着。

喝酒是很能反映人的性格的，福建人的喝酒风格就与北方人有很大不同。在对酒的选择上，北方人喜欢喝度数高的白酒，在喝酒风格上，北方人喝得凶，一桌人吃饭，不喝醉几个客人是不罢休的，喝得有人躺倒在地、动弹不得，主人才心满意足，才会觉得气氛不错，喝得尽兴、过瘾。而在福建你是找不出有名的白酒的，福建的服装鞋帽在北方很有市场，名声响当当的，但福建的酒在全国叫得响的却几乎没有。目前，在国人心目中印象较深的，也就只有那还是中外合资的贝克啤酒。福建人比较喜欢喝啤酒和红葡萄酒，它们度数都比较低，比较顺口。在酒桌上，福建人劝酒也不那么凶，特别是在城市里，生硬劝酒的做法已经过时，更显得福建人温和随意、文质彬彬。福建人与福建人在一起，特别是彼此熟悉的朋友，边喝边聊，能者多喝，不生劝硬灌，却有身心轻松、怡然自得之感。这便是福建人的含蓄。

福建素有"散文之乡"之称，几十年来出了不少散文家、诗人，比如冰心、林语堂、郭风、何为、舒婷……福建的小说创作还不行，缺乏有震撼力的鸿篇巨作，在全国各省市中，福建的小说创作也是很弱的。一般而言，小说，特别是长篇小说的创作，需要作者有驾驭时空的气魄，如果人没有这种气魄，自然是难以写出长篇作品的。福建的闽剧、南音，都曲调柔美、清丽，与北方的京剧、信天游、河北梆子、山东快书，风格大相径庭。

正是"文如其人"，福建人谦和而不软弱，他们的心灵深处总有一股韧劲。福建出过不少精明能干的商人，厦门的华侨陈嘉庚、永定的华侨胡文虎，都是声名赫赫的巨商。有气吞山河之气的民族英雄也是数不胜数，收复台湾的郑成功是福建人，抗英禁烟的林则徐也是福建人……在现代史上，福建还出现过一批杰出的政治家、军事家，如张鼎丞、邓子恢、杨成武……他们取得如此崇高的地位，是转战南北、浴血奋战的结果。

走进闽西的客家土楼，你可以充分感受到客家人、团结友爱、和睦共居、和善好客、刻苦耐劳、怀德重教、读书奋进的民风。客家土楼往往雕梁画栋，这些绘画和雕塑，无不充满客家文化特征。

承启楼有一副堂联，写的是："一本所生，亲疏无多，何须待分你我；共楼居住，出入相见，最宜结重人伦。"振成楼的大门楹联有一联写的是："振纲立纪；成德达材。"中门楹联是："干国家事；读圣贤书。"后堂楹联是："振作哪有闲时，少时壮时老年时时时须努力；成名原非易事，家事国事天下事事事要关心。"这些楹联即便是今天读来，也很能启人心扉。

可能与文化氛围有关，在福建的历史上，不仅出现过许多政治家、军事家，还出现了大批的科技文化名人。毕业于马尾海军学堂的严复，以其西学译著《天演论》名噪海内；近代翻译家林纾把大量的外国文学名著翻译介绍到中国，在文坛上有很大影响；在现代文学史上，林语堂的散文、小说深受读者喜爱；在科技界，华罗庚、陈景润、林巧稚等，都在国内外有广泛影响。

可能与文化传统有关，福建人特别重视教育，福建的高考成绩连续数年在全国名列前茅。福建人读书刻苦，做学问用功，这也是福建人的韧性。

（摘自中国戏剧出版社《你是哪里人》一书）

不急，我可以慢慢等

彭真平

1992年早春的一个下午，陈忠实写完《白鹿原》的最后一个字。之后，他对妻子说："我得给老何写封信，告诉他小说的事，我让他等得太久了。"

陈忠实说的老何叫何启治，时任人民文学出版社《当代》杂志常务副主编。两人交往已经有20年了。

1973年隆冬，西安奇冷。一天，陈忠实到西安郊区区委开会。散会后，在街道的拐角处，他被一个陌生人拦住。那人自我介绍说："我叫何启治，人民文学出版社编辑，在西安组稿。我读过你发表在《陕西文艺》上的短篇小说，觉得很有潜力，这个短篇完全可以进行再加工。所以，我想约你写一部长篇小说。"

寒风中，陈忠实推着一辆破旧的自行车，一脸惊讶和茫然。那时的他还只是一个业余作者，没有任何名气，而且根本没有动过写长篇的念头。于是何启治耐心地鼓励他，激励他要树立信心。"你一定要写长篇，写出来一定要给我发。"临分手时，何启治言辞恳切地说："别急，你慢慢写，我可以慢慢等！"

自从这次"街头约稿"后，两人就一直保持联系，并建立了深厚的友谊。11年后的1984年，陈忠实接待前来陕西组稿的何启治，两人闲聊时，何启治问他："有长篇写作的考虑没有？"看到陈忠实面有难色，何启治轻松地说："没关系，你什么时候打算写长篇，记住给我就是了。还是当年那句话，不急，我可以慢慢等！"

再后来的一次两人见面，又说到长篇小说写作的事。这一次，面对何启治的真诚，陈忠实告诉他，自己有写一部长篇小说的想法，初步计划在3年内完成，在此期间请老何不要催问。何启治用力地握着陈忠实的手，说："你放心，我充分尊重你的创作，保证不给你带来任何压力和负担。"

此后的几年里，何启治紧闭口舌，守约如禁。每次人民文学出版社的编辑到西安组稿，他都要委托这些编辑给陈忠实带去问候，但再三叮嘱，只是问个好，不要催稿。1991年的初春，何启治带领一班人马到西安与新老作家朋友聚会。见面时，他对陈忠实说："我没有催稿的意思，你按你的计划写，写完给我打个招呼就行了。"

在何启治"关心"而不"催促"的无压力状态下，陈忠实的长篇小说创作十分顺畅，只用了8个月就完成了。之后，和何启治料想的一样，《白鹿原》出版后，一时洛阳纸贵，风行全国，并在1997年12月获得了第四届茅盾文学奖。

多年以后，陈忠实在一篇回忆艰难创作历程的文章中这样写道："老何随后来信了，可以想象出他的兴奋和喜悦，为此他等待了几近20年，这对于他来说太长了点。而对于我来说，起码没有使这位益友失望。"而作为组稿人、责任编辑和终审人，何启治在一次访谈中谈到为什么对陈忠实履约践行充满信心时，他这样说："事实证明，正是我和陈忠实始于1973年的真挚友谊以及彼此间的信任，使他在近20年后必然会把惊世之作《白鹿原》交到我的手里，并交给人民文学出版社和《当代》杂志。"

君子之交淡如水，却历久弥坚，绵长不绝。从陈忠实和何启治的话语中，我们能够看出他们之间的信任。正是这份信任，让 20 年的约请和履约的君子之谊创造出了一部恢弘的文学巨著，同时，也成就了一段文坛佳话。

（摘自《做人与处世》2012 年第 5 期）

从学徒工到总经理

朱　妮

从学徒工到总经理，在一家 65 岁的书店干上 41 年是怎样一种体验？

郭沫若手题店名，琉璃厂最大厂牌，古旧书店老大哥……这家在北京城内仿佛随处可见的书店，看似平凡无奇，实则深藏不露。它就是中国书店。

在北京悄然而立多年的中国书店绝不是一家没有故事的书店。几经变迁、守正出新，中国书店不仅在漫长的岁月里保住了多家门店，再现了不少珍贵古籍，还在雁翅楼新开了 24 小时书店，进一步打通社区、展馆渠道，以独特的多元化经营模式迎接时代挑战，展示出古朴外表下朝气蓬勃的灵魂。

2017 年是中国书店建店 65 周年，而对于老店长于华刚而言，这一年也将是他的退休之年。打小生活在琉璃厂的于华刚用半生见证了中华书店的成长，而他与中国书店同风雨共进退长达 41 年之久的经历也与书店店史中最具传奇色彩的一章重叠。一个人对一家书店的爱究竟有多深切？在于华刚的身上，我们或许能找到答案。

　　1965 年初冬，小学下学铃响，回家路上的于华刚趴在北京琉璃厂某家古书店窗边，往里窥伺着静立的古朴字画、黄页古书、互相交谈的长须老先生，即使打小就生长在这里，他的内心依然对此充满陌生与好奇。彼时的他可能想不到，有一天自己能够成为琉璃厂最大店面、我国最大的古旧书店——中国书店和享誉京畿的专业古籍出版机构——中国书店出版社的掌门人。

　　1976 年 12 月 26 日，于华刚 20 岁，高中毕业，从农村插队归来，踏入了琉璃厂中国书店的大门，从此，41 年的职业生命与中国书店紧紧关联了起来。

以一化百："继前人遗愿，续百年经典"

　　从 1976 年的学徒工、仓库管理员到 1979 年的门店经理，从 1984 年的区店经理到 1996 年的副总经理，从 2004 年的总经理再到 2006 年兼任中国书店出版社社长至今，回顾往昔，在中国书店工作的情景于华刚仍然历历在目。

　　被誉为"京城传统文化守护者"的中国书店是北京古旧书业的代表和继承人，成立于 1952 年，合并了包括来薰阁、邃雅斋、松筠阁、文奎堂、修绠堂、福晋书社等多家久负盛名的老字号在内的 111 家私营古旧书店，历史悠久，文化底蕴深厚。年轻的于华刚在这里师从雷梦水、裴子英和李魁凤等老师傅学习古旧书知识，老师傅们先教他"做人"堂堂正正、不欺不瞒，尔后培养他对古旧文物的爱惜之情。据于华刚回忆，雷先生能如数家珍地说出各种清末史料和流传下来的文献，裴先生擅长宋版书的鉴定，李先生讲古书的市场流通、查配古书以及如何给古书定价。启功先生也曾将自己看字画的特殊技艺方法教授与他。几年下来，于华刚积累了深厚的古旧书业务基础。

　　"继前人遗愿，续百年经典"，很多博物馆、图书馆中收藏的古籍善本都是通过中国书店收集而来，书店店员辛苦外出收书更是常事。1992 年隆冬，于华刚得知山东一县城有人要出售《好大王碑帖》，便和同事连夜驱车在颠簸的土路上前往，因为怕司机犯困就不停和司机说话。面包车四面漏风，第二天下午到时于华刚嗓子全说哑了，手脚也几乎全都冻僵。到达后分秒未休息，立即看货作价。

古书回收是一个可以变废为宝的过程，其间的利润空间很大，但中国书店收书不捡漏、不压价，不唯利是图，优先考虑书的学术价值。北京崇文门拆迁的时候，于华刚常去一位老太太的院子里收书，有天发现了一个装满明代信札的垃圾筐，直接言明此物价值，嘱咐老太太妥善保管。"做这行，人家越是不懂，咱们越得慎重，不能捡漏，咱们出去代表的是中国书店这个牌子。"

2007 年，于华刚和另两个同事在日本东京一家书城看到一套乌金亮墨拓本《敬胜斋法帖》，这套书共 40 册，黄绫锦缎夹板，市场流传十分稀少，据文献记载馆藏仅有 6 部，此前从没有见过这套书的全本。这套书买回国内之后，有人闻讯立即提出加价 50 万元收藏，于华刚没卖。他首先将这套书按原样影印出版了 100 多套，又为普及大众而影印出版了精装本 2000 部，之后还根据前 20 册编辑出版了《乾隆御制诗文法帖》以及 8 种碑帖，诗文边做了释文，铅字排印，便于习惯简体字的年轻读者和临摹碑帖对照，给书法爱好者和历史爱好者提供了方便。

"这些古籍有其版本学和文献学价值，它也产生经济价值。但是，我们出版发行这些书更为重要的目的是，让社会上更多人了解它、研究它，对古代文化进行传播。"

与经济效益相比，于华刚承续了中国书店的传统，以一化百化千，更注重民族文化遗产的发扬光大。

带散落的古籍"回家"

改革开放之后，中国书店经历了市场化的洗礼，海外收购并传播中国古籍成了中国书店的一项重要使命。同时，获取经济效益，发展壮大亦成为中国书店的目标。

1989 年，中国书店以一包一包图书邮寄给台湾学者、书店和学术机构的方式，成功完成了第一次成规模地向台湾地区销售大陆的文史图书，从此打开了两岸长期以来的文化禁锢的坚冰，台湾地区的图书销售也成为中国书店海外市场的重要部分之一。

1992 年，中韩建交，于华刚抓住两国经济文化交流的时机，在韩国首都开办了中国书店分店，年销售额达 200 余万元，开启了我国国有书店第一个在韩国首尔设立图书代理销售店的记录，十余年间通过中国书店销往韩国文史类图书达 1000 多万元。

于华刚不断开拓海外市场，在我国香港、台湾地区，新加坡、美国及欧洲等国家，利用文史古籍图书展示活动带动销售宣传，使中国书店的销售在海外图书市场销售额中占有重要位置，客观上推动了中国文史图书走向海外。

2005 年，中国书店将业务拓展至海外，开始回购海外中文古籍。因为日本的中文古籍珍本相当多，于华刚几乎每年都要去日本一两次，与同事走过东京、大阪、京都、札幌等众多日本城市。

2010 年的大阪书展会，在 60 多本中文古籍目录册中，于华刚和同事们相中了《类编图经集注衍义本草》。经考证发现，元刊元印的《类编图经集注衍义本草》全书 42 卷，只存目，无书，出现在大阪书展会的这部有可能是孤本。

好书抢手。在他到达书展现场时，已经有两位日本人和一位中国私人收藏家在等候观看，于华刚一直等到下午一点才拿到这部书。经过两小时的查配，于华刚与同事最终考证出该书确为元版元印，他们在下午 6 点闭馆前商议报价后投了标，其他投标者所出价格均未超过此价，他们终于中标。

购回流落海外数百年的《类编图经集注衍义本草》后，中国书店开始进行进一步的整理工作。为了使这部珍贵古籍得到更合理的保护，中国书店委派店内国家级非物质文化遗产（古籍修复项目）传承人对该书进行修复，还请著名古籍专家傅熹年先生为书题写了题记和题签。前期工作完成后，中国书店决定将这一珍贵孤本由中国书店出版社影印出版。通过高清扫描，中国书店出版社采用安徽手工加厚单宣纸影印，通过调试墨色，使字体、纸张纹路等细微处与原书一致。最后，选用特制仿清宫廷宋锦制作函套，力求保持古籍原貌，使这一海内外孤本珍贵的版本价值和文献价值高度契合。2012 年 10 月，《类编图经集注衍义本草》共出版了 300 套。

带散落在世界各地的中国古籍"回家"这件事于华刚已经做了 12 年，他还要继续做下去。

除文化开拓者的身份外，于华刚是名副其实的杂家。他是古籍鉴定专家，还是书店经理。2006 年 4 月 10 日，兼任中国书店出版社社长，书店经理又兼出版社社长，在全国的出版社中还是第一人。于华刚上任时便立下军令状，用两年的时间扭亏为盈。

"2006 年我 50 岁，从发行跨界到出版。上任不到一个月就出差到各地出版社如饥似渴地学习印刷、装订、编辑、设计等等。每年的图书订货会我都在场馆细细地走，关注每一本古书。"他用两年的时间让出版社扭亏为盈，头发也开始变白。

经过 65 年的发展，中国书店已经发展壮大成为一个集古旧书保护、传承、流通以及古籍出版、古籍拍卖为一体的综合文化企业，日渐成为京城传统文化消费的主要阵地。

于华刚在中国书店的 41 年里，不仅和中国书店一起对我国历代遗留下来的古代典籍、书刊资料进行了卓有成效的发掘和抢救，还带领出版社从单一纸质图书出版逐步向音像、数字、互联网综合出版发展。

总结自己的职业历程，于华刚依然保持着书业人特有的谦和："每个职业经理人都是过路客，参与了中国书店 65 年历史长河的一段儿。我打小生长在琉璃厂，一直坚守在这里。只不过有幸在中国书店工作了 41 年，为中国书店传播优秀的传统文化贡献了自己的力量。未来中国书店需要接任者积极开拓新印古籍的发行和古旧书拍卖等经营领域，将传统文化与现代年轻人结合起来，延续其生命力。希望中国书店作为老字号企业能成为百年老店，希望中国书店能走得更长久。"

（摘自《出版人》2017 年第 12 期）

最幸福的儿科医生

胡展奋

郭迪，中国儿童保健学奠基人和儿童行为发育研究领域的创始人。

他对奉献毕生的职业——儿科医生这样描述："做儿科医生是最幸福的。因为只要看到一个个孩子摆脱病痛，蹦蹦跳跳地站在你面前，你就会有一种莫大的愉悦。儿科医生大多长寿，这得感谢孩子们，我们像他们一样无忧无虑地生活着，被他们所感染。"

2012 年 6 月 25 日，上海有一位老人去世了，享年 102 岁。期颐之寿，世称"人瑞"，寻常人家是要当作喜事来办的。只是当社会各界人士向这位长寿老人告别时，在场的人们却无不热泪滚滚……有没有一个人，八十年如一日地呵护、研究着中国儿童？

有没有一种学说，超前 40 年指导中国儿童茁壮成长？无论学术还是人品，这位老人都堪称时代楷模。

他，就是中国儿童保健事业的奠基者——郭迪。

最幸福的医生

熟悉郭迪的年轻人不多，但年轻人的家长却无不熟悉一张性命攸关的表格：儿童生长发育保健卡。

1个月：寻找声音；2个月：应答性发声；3个月：俯卧抬头；5个月：抓悬挂物；6个月：独坐30秒；7个月：捡起方木；11个月：用杯子喝水；1岁：独自站立；1岁半：控制便便；2岁：说出姓名；2岁半：用筷子吃饭……

无数为人父母者对这张表格都不陌生。它之所以被称做"儿童生长发育保健卡"，是因为参照以上这张表格，父母就可以明白孩子所有的啼哭、表情和动作意味着什么。它不过一张 A4 纸那么大，却破译了婴幼儿世界的牙牙之谜。通常，它只流传在怀抱婴幼儿的父母手中。

但在 2008 年震惊全国的"三聚氰胺奶粉"事件中，它却大放异彩、扭转乾坤：因为监测三聚氰胺奶粉中毒致病的婴幼儿的生长发育是否正常，必须有一张操作简单、数据准确、标准权威的"一卡通"。但急切之间，到哪里寻找，又哪里来得及制作这样的"神通卡"呢？

幸亏有人提起：上海，郭氏卡！

卫生部闻讯立即向上海方面紧急调集了数百万张"儿童生长发育保健卡"，火速分发到相关地区的妇幼保健院，为无数焦虑的家长释疑解惑，为"疑似致病"儿童及时作出了科学的筛查和客观评估。

这张卡的发明人就是郭迪。事后，当无数来电来信称颂其"功德无量，领先世界 40 年"时，他只一笑置之。

事实上，40 年前，儿科医疗模式还停留在生物学研究阶段，多数儿科工作者对儿童的心理和行为异常视而不见时，郭迪教授已率先将研究从生理拓展到心理、行为学和社会环境等层面；当那时的人们只关心孩子"吃饱穿暖长得壮"的时候，郭迪教授不但已带领同事和学生研究孩子说得好不好、学得好不好、脾气性格好不好，还率先在全国启动了儿童生长发育评测，其中包括智能发育的测试。这是一次注定被载入史册的学术跨越，但由于想法太超前，当时非但没人能够理解，而且还有"宣扬唯心主义"的危险，但这个个子不高而又沉默寡言的倔老头，硬是把困难扛了下来。没有实验对象，他就把自己的子辈、孙辈当作"小白鼠"。他亲自制作了一盘录音带，上面记录了孙女牙牙学语时每个阶段的语言能力，以研究幼儿智力的发育。他还从自己的孩子们身上抽血化验，研究他们的生长规律。为更多地了解中国孩子，他奔波在上海的工厂、学校里，他沿着海岸线南下，直到海南岛的渔村，孩子的生长、营养、心理，每一个细节都是他研究的方向，终于率先在国内完成了《儿童生长发育保健卡》和《儿童智力测试表》的研制。郭迪第一个倡导这样一种理念——随着儿童身体的生长，其运动、认知、语言、社交等心理、行为能力的发展，也是衡量儿童健康与否的关键因素。

20 世纪 80 年代，在影响儿童智力发育的因素中，血铅水平的异常引起了郭迪的注意。当时中国的经济刚起步，郭迪以医学家的敏锐眼光，预见到新兴工业导致的铅污染对儿童健康的危害。

当时的人们普遍没有"防铅"意识，幼儿园、小学都直接建在厂矿附近。血液中铅浓度高的孩子普遍体弱多病，注意力不集中，脾气暴躁冲动，学习成绩差，免疫力低下，甚至有生命危险。郭迪指导他的学生沈晓明博士从 20 世纪 90 年代初就开始做普通人群研究，不但直接推动众多企业搬迁了幼儿园，而且以其开展的有关铅中毒系列研究结果影响决策层，最终在 2000 年终止了有铅汽油在国内的使用。这是美国人历经了 20 年才实现的目标。

弟子们带着喜讯向郭老祝贺时，他淡淡一笑说："做儿科医生是最幸福的。因为只要看到一个个孩子摆脱病痛，蹦蹦跳跳地站在你面前，你就会有一种莫大的愉悦。儿科医生大多长寿，这得感谢孩子们，我们像他们一样无忧无虑地生活着，被他们感染着。"

最大爱的医生

学生们都称郭老为"伟人"。这不仅因为他非凡的学术成就，更因为他非凡的人格魅力。

不少人奇怪，作为中国儿童保健学的奠基人和儿童行为发育研究领域的创始人，他怎么就不是院士呢?

院士一般从国家一级教授中产生。郭老的儿子郭时弼回忆说，那还是在 20 世纪 80 年代，他们住在淮海路"大方绸布店"楼上的时候，有一天，"二院"（当时的上海第二医学院简称）来电请郭老去一趟。

但郭老很快就回来了，郭时弼觉得奇怪，问父亲怎么回事。父亲却淡淡地说："上面评国家一级教授，一共两个名额，连我在内有 3 个人符合条件，我就毫不犹豫地让掉了……"儿子一听急了："爸，这怎么可以……您毕竟是从美国回来的!"郭迪听了一笑置之："他们也很优秀啊。"这就是郭迪。

儿子郭时弼没有说错，郭迪属于中国儿童保健学界的首批"海归"。

1935 年，就读于圣约翰大学医学院的郭迪，在母亲的资助下，踏上了去美国宾夕法尼亚大学医学院继续深造的道路。在导师的影响下，郭迪萌发了投身儿童保健事业的念头。然而在当时，"儿童保健"在中国还是个无人知晓的概念，大部分医院甚至不设儿科。经济状况和卫生水平的落后，使许多孩子被疾病和瘟疫夺去了幼小的生命。一种信念在郭迪的脑海中闪现：让孩子不生病，预防疾病才是根本。然而，这个近乎完美的理想，在那个灾难频仍的时代，简直是天方夜谭。

1937 年，抗日战争全面爆发，刚在美国取得儿科硕士学位的郭迪立即回国，成了儿童保健学界的首批"海归"。

回国后，郭迪开设了自己的私人诊所，并立即参加了上海市红十字会救护医院的伤员救护工作和难童收容所的儿童救治工作。1950 年，新中国的医学事业向他发出了召唤，郭迪毅然关掉了诊所，并带着诊所里的医疗器具和设备，加入了刚刚组建不久的上海第二医学院。在这里，郭迪接到的第一项艰巨的任务就是筹建儿科系。"从无到有"并非易事。他与同事四处奔波,从选院址到找实习基地……终于在 1955 年正式组建成立了儿科系。

近 80 年的临床治疗和研究,郭老救治了多少孩子,是无法计数的。

在记者和学生们的记录本上,他一直强调的几段话,堪为目前医患矛盾的最佳眉批:

"医学不是试验,病人不是小白鼠,不能只见病不见人,医学是人文的医学,应该有人的温度。"

"对医生来说,病人不过是他所救治的无数生命之一;而对病人来说,医生却是生命的全部。"

"医生对病人的同情心不是用眼泪而是用心血。好的医生,不仅是技术意义上的,更是人格意义上的。"

他的学生张劲松回忆说,郭老最反对开贵重药品,对那些动辄使用进口药的行为尤其深恶痛绝。他常说,有效的药才是好药,如果能不开药就尽量不开药,"是药三分毒",要多给家长保健建议和护理指导。

学生们永远不会忘记,平时不苟言笑的郭先生,只要一见到孩子就会慈祥地微笑。给孩子们看病时,他总是先想方设法消除他们的紧张情绪;尤其令人难忘的是,听诊前,他总是用手焐热听诊器,再给孩子们听诊;凡需解衣诊断的,诊断完毕,他一定会和蔼地帮病人把衣服穿好,把扣子扣好。查房时遇到孩子们的尿布湿了,他会亲自为他们换尿布;碰上正午时分,这位和蔼的医生总是先让孩子们吃完饭才查房,最后才轮到自己吃饭。

从学生时代立志投身于儿科,到成为中国儿童保健事业的奠基者、集大成者,郭迪教授带出了一批又一批像沈晓明、金星明、静进、张劲松一样杰出的学生。他带领弟子们创造了儿科学界的许多个"率先":率先在儿科系统设立儿童保健教研室,率先在综合医院成立儿童保健科,率先组织儿科界进行心理测验研究,率先组织新生儿遗传代谢病筛查,率先进行小儿锌营养的研究等等。如今的新华医院儿童保健科已成为全国儿科学界的领跑者。他的生命之火,在精神矍铄的期颐之年依然流光溢彩。

他是一块界碑，更是一棵参天大树！

（摘自《新民周刊》2012 年第 27 期）

"神刀女" 骆芃芃的成长笔记

宁梦黛

　　1958 年，骆芃芃出生于北京的一个文化家庭。因为父亲从事文字工作，爱好藏书，在这种家庭文化氛围的熏陶下，小时候的她就对文化产生了浓厚的兴趣。在父亲收藏的书籍中，她从《故宫周刊》中学习了版画，也进一步了解到了篆刻艺术，她感觉那一方方印章的背后仿佛都藏着一个个优美的故事，从此爱上篆刻，欲罢不能。

　　在回忆这段岁月的时候，骆芃芃说："父亲一生收藏的最珍贵的最多的就是书，他唤醒了我对文化的热爱，这给我后来的成长带来了很大影响。那时看的印谱，都是《故宫周刊》上登载的传世之作。中国的宫廷艺术与文人艺术、民间艺术不同，有一种泱泱大国特有的雄浑和大气。虽然当时我还不太懂篆刻，甚至连印谱上的文字都认不全，但这种强烈的美冲击着我，使我一开始就爱上了雄浑大气的一流之作，这对我后来艺术风格的形成产生了很大的影响。"

青年成名　精益求精

由于大学里没有书法篆刻专业，1980 年，22 岁的骆芃芃决定报考象征中国传统艺术殿堂的荣宝斋。当时的篆刻考试有三十几个人参加，竞争激烈。命题考试的要求是需要考生们当场刻下"傲雪"两个字。一上午后，骆芃芃只刻完一个"傲"字，但她恳求考官让她继续刻直到将两个字刻完。经得考官同意后，她继续认真地刻着，一直刻到下午五点多完成才离开。这个过程体现了骆芃芃面对困难不轻言放弃的执着创作态度，荣宝斋的"伯乐"们清楚地看到了这一点，最终录取了她。从此，骆芃芃走进了梦想中的荣宝斋，走上了自己的篆刻艺术之路。

进创作组的第 3 个月，她作为最年轻的篆刻艺术家在荣宝斋挂上了"笔单"。能把篆刻作品明码标价挂于这家老字号，骆芃芃的实力和影响力可以想见。她的印章典雅而厚重，赢得了众多国内外人士的喜爱。很多客人慕名而来，专门下订单要她的印章。当时的她工作十分忙碌和辛苦，但是她还是认真地刻下每一方印，用她的双手向国内外访客呈现中国篆刻艺术的高超技艺，同时每一方印都体现了浓郁的中国印象。

20 世纪 90 年代初，中国艺术界产生了"出国潮"，荣宝斋篆刻组的年轻人纷纷出国学习或谋职，最后只剩下骆芃芃和一个老师。此时的骆芃芃依然坚信中国篆刻艺术的土壤应当是在中国，离开了这个土壤，它的发展肯定会受影响，篆刻艺术应当在中国传承发扬光大。所以，即使面对国外的热情邀请，她毅然谢绝并始终坚守在创作的岗位上。

1992 年，骆芃芃作为大陆第一个派往台湾的艺术团——"敦煌古展"艺术团的成员在台湾举办展览。四个多月的"敦煌古展"轰动了宝岛，张学良、蒋纬国等各界名人多次到书法篆刻展上参观并邀请骆芃芃刻印。当张学良先生接过骆芃芃代表艺术团为他和赵一荻女士刻的印章时，眼前一亮。次日他专程派人前来表示感谢。陈立夫先生微笑地称骆芃芃为"小妹妹"，并为她题词——"自强不息"。骆芃芃，以大陆著名篆刻家身份与台湾的同行们将 40 多年两岸隔绝的篆刻艺术进行了首次交流和互动。在这次活动中她带去了自己的艺术作品与独到见解，同时也带回了许多宝贵的艺术资料。在这次访问中，因为她的突出贡献，她荣获了"国宝级篆刻家"的称号。

在荣宝斋，她不断提高篆刻技术的基本功，并不断增强自己的理论知识。1994年，她从普通编辑提升为荣宝斋出版社书法篆刻编辑部主任；也是在同一年，她获得了由联合国教科文组织颁发的"和平与文化"荣誉证书。

在拥有这些成就后，骆芃芃并没有满足，她认为人不仅仅只是术业有专攻，总体素质和综合能力也应当多多提高。1985年，她作为中文专业的优秀毕业生在北京广播电视大学完成学业。2002年，她又以优异的成绩在北京大学艺术学系完成了中国古代文物鉴定硕士研究生学业。

倾心传艺　不断超越

2005年，骆芃芃调入中国艺术研究院，成立了中国篆刻艺术研究中心。2006年6月16日，隶属于中国艺术研究院的我国唯一的以研究和创作篆刻艺术为核心的国家院体机构——中国篆刻艺术院成立，骆芃芃被任命为中国篆刻艺术院常务副院长。篆刻艺术成为一门系统、独立的学科体系。这种改变具有划时代意义，标志着篆刻艺术将在骆芃芃的带领下登上新的历史舞台。

2007年，在中国艺术研究院领导的支持下和骆芃芃的热心倡导下，在中国艺术研究院研究生院设立了全国第一个篆刻艺术硕士点，骆芃芃成为中国有史以来第一位篆刻艺术硕士导师，招收了中国第一批篆刻艺术研究生。同年，她又创立了中国第一个篆刻艺术研究生班。

谈到中国篆刻艺术院和中国篆刻艺术研究生班成立的历史时，骆芃芃说："在2007年以前，很多人不理解，以为刻字就是摆地摊的工匠做的事情，其实这是对篆刻艺术的误解，很多人都不清楚篆刻艺术到底是什么。其实篆刻艺术从3000多年前就在我们中国诞生了。中国印，作为行使、受授国家机关的权利、证明个人政治身份的一种物件，在中国历史发展的很多领域都起着很大的作用，更是中国传统文化底蕴很深的一门艺术。自从篆刻艺术研究生硕士点研究生班设立以后，它让学篆刻的这些年轻人有了明确的目标和方向，也让他们在社会上有了正规的名分。"

2008 年 9 月，中国艺术研究院中国篆刻艺术院联合西泠印社，将"中国篆刻艺术"作为世界"人类非物质文化遗产代表作"向联合国申报。在艰辛的申报过程中，作为申报项目负责人的骆芃芃，从成立申遗委员会、撰写申报文本到通联全国各篆刻团体等，大小事物都由她整体策划和落实。2009 年 9 月 30 日，喜报传来，联合国教科文组织将"中国篆刻艺术"列入了世界"人类非物质文化遗产"代表作名录。

骆芃芃在谈到这件事情的时候谦虚地表示："这是大家的功劳，虽然是我主导力推的事情，但这不能归功于我个人。'中国篆刻艺术'列入了世界'人类非物质文化遗产'代表作名录，是对篆刻艺术非常重大的提升，它不但提高了中国篆刻艺术的国际地位，也让中国篆刻艺术有更多机会让世界各地的人了解、认知和喜爱。这个事情让我感觉很自豪，也很有意义。同时我越来越意识到作为一个艺术家，要实现自我的价值就是要对国家、对社会做出自己的贡献。"

2008 年 8 月，由骆芃芃总策划的"金石永寿——中国寿山石篆刻艺术展"，在国家大剧院现代艺术馆开幕。这次活动融入了诗、书、画、印以及茶香、琴韵的艺术展览新方式，创下了同类展览参展人数的最高纪录，同时也被文化部列入奥运会期间的国家重点对外宣传项目。也是在 2008 年，她荣获了"文化部优秀专家"的称号，同时在通过全国网络投票评选中荣膺"2008 年度当代篆刻十大名人"称号。

2009 年 10 月，骆芃芃策划并参加了"江山多娇——庆祝中华人民共和国成立六十周年篆刻艺术精品展"，将自然环境和人文、历史、艺术融于一体，结合中国篆刻艺术与古典王府建筑、宫廷园林，开创了"中国庭院式篆刻艺术展"的新范式，让参观者领略了艺术融于自然的魅力。同年，骆芃芃在全国非物质文化遗产保护、古籍保护暨文博事业杰出人物表彰大会上获得了"全国非物质文化遗产保护先进个人"称号，并获得了《美术报》全国美术界年度"十大人物"提名奖。

2010年8月，骆芃芃总策划设计的"人类非物质文化遗产代表作——篆刻艺术精品展"在上海世博会世博文化中心举行，这次活动让篆刻艺术借世博走向了世界，让中国的篆刻艺术为全世界瞩目。在这一年，她还荣获了全国"2009年中国十大最有影响力人物"称号，并被授予了"巾帼建功"先进个人称号。

骆芃芃自从事书法篆刻专业以来，出版了大量优秀作品集，作品参加了全国多次书法篆刻展。当然，在这30多年的篆刻艺术创造道路上她获得的也不都是鲜花和掌声，也曾遇到过很多困难和坎坷。可是她依然坚持，始终如一，不曾改变。在篆刻艺术不很景气的时候，有朋友劝说骆芃芃，为了自己以后发展应该立即改行。但是骆芃芃从来没有这个念头，也从来没有想过要放弃，因为她是如此地热爱这门艺术。

（摘自中国青年网2017年8月3日）

才华是上帝的惩罚

吴晓波

很多年来，我对才华的敬畏，始于自卑，终于疑惑。

大约在 20 岁的时候，我便确认自己不是一个很有才华的人，那时在读大学，有两件事情让我非常沮丧。

每当到了熄灯之后，同学们除了讲笑话，就是猜谜和脑筋急转弯，而我几乎没有一次得过第一名，这太让人绝望了，我对自己智商的清醒认识就是在那些伸手不见五指的夜晚形成的。

那时，我还在非常努力地练习写诗歌，我细读了能在图书馆找到的所有欧美作家及华人的诗歌，还在一本练习簿上练写了数百首长长短短的作品，我把它们工工整整地誊抄在稿纸上，分别投寄给国内几乎所有的文学杂志。

8 分钱的邮票费在当时的复旦可以买半块猪排，4 年里，我省下上百块猪排去实现我的诗歌梦，结果是，一直到毕业那天，我都从来没有在正式刊物上发表过一首诗歌。

王尔德说，除了才华，我一无所有。

这个世界一定是有天才存在的，否则，你很难解释当时还没有谈过恋爱的张爱玲怎么能写出《第一炉香》，为什么是一个叫爱因斯坦的专利局技术员发现了相对论；有人对过去 20 年的诺贝尔经济学奖得主进行了一个统计，他们发表得奖论文的平均年龄是 37 岁，他们中的很多人应该是天赋异禀。

可是，绝大多数的人应该如我这般，资质平凡、际遇寻常，在万千众生中挣扎着放出一点微弱的灵光。那么，才华在一个人的职业生涯中到底占了多少比重？

三宅一生被认为是日本战后最有才华的服装设计师。1973 年，35 岁的三宅一生第一次参加巴黎时装展，带去了"一块布（A-POC）"的新设计概念，从此成为标志性人物。令人惊讶的是，从此以后，三宅一生每年都会去巴黎参加两次发布会，40 多年来，从未中断。

时装设计被认为是一个只与天才有关的疯狂职业，但是，每隔半年就要向世界证明一次自己，这应该只与偏执性的毅力有关了。在三宅一生看来，一年参加两次发布会，就好像是定期去医院做全身检查，既考验设计师的想象力，同时又考验想象力和创造力的一贯性，"每年两次，我都要证明我的创造力，证明我还立在当下。"

在我所从事的非虚构财经写作领域中，才华是约束条件下的能力释放，也就是说，你所进行的表达和判断都必须建立在细节和数据的基础上，它基本上不来自想象，而与采集的数量和广度、思考和辩驳的深度有关。

1996 年，我出版了自己的第一部作品，它的印刷量是 6000 本，其中的三分之一还是被我送出去的。也是从那时候开始，我要求自己每年写出一本书，到今天，这个"自我约束"已经持续长达 20 年。

写一本财经作品，从酝酿选题、收集材料、形成结构性观点到最终成稿，一般需要两到三年的时间，而每年写一本书，便需要同时开展三个以上的选题准备。在这个漫长而枯燥的过程中，比才华更重要的，是规划、时间管理，以及足够的耐心和体能的储备。

　　我的右手掌关节处，有一块小硬茧，摸上去糙糙的，这是20多年电脑写作的"记忆"，我把它看成是一块"光荣之茧"，我若有些许才华，它是唯一的证明。

　　在我看来，这个世界上最不可靠的能力便是才华，它若只是激情或灵感乍现，则只可能短暂地燃烧。才华是上帝给人的一份礼物，却也同时是一个惩罚。

　　才华会让一个人变得缺乏韧劲，不愿意做艰苦而持续的投入。一个人在智力上的优越感，会让他觉得自己是"天之骄子"，所有的获得都是理所应得，从而不懂得对平凡人感恩。有才华的人往往会被各种诱惑所缠绕，在一次次的选择中虚耗岁月。尤为可怕的是，才华让人脆弱，对挫败没有自我嘲笑和化解的能力。

　　20多年来，我目睹了无数被才华毁坏的人生，他们才情横溢、智商绝高，在寻常人中随便一站，便会发出光来，但在时间的煎熬下，光芒日渐暗淡，终归于芸芸众生。

　　访者问年暮的三宅一生："你这辈子做了什么事?"

　　答："裁了一块布。"

（摘自微信公众号"吴晓波频道"）

人和人的差距，到底是怎么拉开的

韩大爷的杂货铺

一

昨天看到一则案例，说某企业 HR 在面试应聘者时，常会问这样一个问题：你每天下班后的 3 小时，都拿来做什么？

我没有怀疑这条信息的真实性，因为这样的状况自己就亲身经历过。

毕业时，应聘某个心仪单位，面试官的问题就跟这个差不多：可不可以单拿出来你在大学的某个普通的一天，跟我们聊聊你是怎么过的？最好挑有代表性的一天。

可能有人觉得：这未免太简单了，挑好的说呗，一通胡编就蒙过去了。

没错，如果人家只问这一个问题，胡编是上策，但这只是个开场，接下来，是要和你就着你所提供的答案，具体聊一聊的。

你应该能想象到，随手拿出一则新闻案例，一个每天打游戏和一个每天读一则时评文章的人，所做出的分析，会差出十万八千里。

而这十万八千里的结果，不来自于天赋，甚至不来自于专业，它等于，都不用多，十分二十分钟，一篇文章的功夫，最重要的是，乘以每一天。

时间的累积效应就是如此的公平且强大，这让我想起大学期间一位老师对我说过的话：想看清一个人的斤两，了解一下他日常是怎么过的就行了。

常会听到一些人面对结果的时候，抱怨连连：凭什么人家就如何如何，为啥我这么努力都得不到想要的东西？

歇会吧，平静且老实地反省一下：过去的一年、三年、五年、十年，都不用严格要求到每一天，大部分时间里，你是怎么过的？

套用一句网络流行语：过程中的每一天是咋过来的，你自己心里还没个数吗？

菩萨畏因，凡人畏果。一想起我每天都懒得拿出 10 分钟的时间正经洗把脸，再听到别人说我皮肤糙，瞬间就心平气和了。

二

你有没有发现，那些最要命的差距，都是在最平庸的日常里拉开的。

几天前一个做文案的朋友跟我说：参加工作时间越久，越后悔大学的时候没好好读书。

我以为是她在职场里遭遇到了人际问题，怀念大学时光了。

她摇头否认，跟我讲，办公室里的一位同事，能力很强，其实也没什么，说白了无非是阅读量大一些，肚子里墨水多一点儿，但就这一条，足以构成一种碾压级别的优势，人家说出的话，写出的东西，跟你一样，都是汉语，但愣是比你有水平。你想缩小差距吧，还心知这不是一天两天的功夫；有一种被欺负的感觉，却也心服口服，望洋兴叹，只能受着。

我对她说，在你所处的大行业里，挑一些最好的实战案例和一些最经典的好书好内容，每天下班不需多，安静专注地研究半个小时足矣，有个两三年，就轮到你"欺负"别人了。

朋友惊讶：有这么容易吗？感觉很大的工程，怎么被你一说，这么简单了？

我说，是啊，你那个同事就是这么"欺负"你的。

为啥说世间的事，说难也难，说容易也容易呢？

任何不起眼的投入，乘以时间，都会变成只可感叹而不可亵玩焉的鸿沟。

任何比天大的差距，除以时间，都会沦为一滴一滴足以把青蛙煮烂的温水。

<h2 style="text-align:center">三</h2>

多年来我发现：越是做一些短期内无法立竿见影的工作，见影的时候影子最大；越是沉得住气，坐得住板凳，把突击战转为持久战的人，收获越多。

大伙其实都明白这个道理，但真正能每天都抡一下胳膊的人很少很少。

为什么，因为效果来得太慢了，主要是，人家发一天传单，立马可以在晚上9点前发出一条"今日有收获"的朋友圈，哪怕打一天游戏，咔嚓截个屏，晚上都有晒的；而你花了一整天，只弄清楚了苏格拉底与柏拉图不是同一个人，这可不方便拿出去说。

然而一年、两年、五年后，最终需要揭老底，晒大单的时候，你就知道：为啥有的人有生活，有的人还在被迫地活着。

我来自农村，从小到大看见过无数次盖砖房的过程。你见过一座新屋，被一点，一点，一点，再一点，盖起来的过程吗？别好奇，真心挺无聊的。打个地基都需要个把月，你出去逛个街，工匠们在和泥，你出去喝个酒，工匠们在和泥，你游山玩水十日行，回来一看，还在和泥。

日复一日，等新房基本建成，你再走进去，摸一摸那一块块砖头，看看那光滑的水泥地面，就知道一点一滴积累的结果是什么。

好看的短期效果千篇一律，肯放长线钓大鱼的人，万里挑一。

四

　　人与人之间的差距，抛却那些先天开挂的人民币玩家，落在大多数普通人的头上，无非就俩词：优势壁垒和劣势壁垒。

　　壁垒啊，想想都知道，又大又坚固的东西，一旦形成，很难破局。

　　而在壁垒形成之前，那些看似无关紧要的漫长日子，那些分摊到每天多做 10 分钟，微不足道的付出与努力，都在展示着一种冷酷，和一种公平。

　　你以为死亡降临是来自于天上的暴怒或地底下的呼唤，不，这世界上更多的人，是死于各种慢性病。

　　你看到了无数个人拥有成千上万种叮遇不可求的好运气，却看不到这背后，统一的本质：可遇的方向，与同样可求的，习惯加点滴。

　　记得小时候考试，我几乎每次都拿第二名，蝉联榜首的那个普普通通的小姑娘，不比任何人聪明，甚至，看不出她比谁勤奋，都是小孩子嘛，都要睡觉的。

　　但也邪门了，每次成绩一下来，她总能不多不少，就是比我高个五分八分的。有时候，差距就在那么一两道题，最可恨的是，还是老师讲过的题。

　　有次课间，实在憋闷的我找到老师，开口就问：您说吧，我想超过她的话，需要学到几点？我宁可不睡觉了，让我拿次第一就行。

　　老师笑了：不需要学到几点呀。

　　我追问：那我跟她差什么啊，我愣是比不过她？

　　这时候正赶上那同学抱着作业走过来，跟老师说她在课上有个问题没听懂。

　　老师却扭头向我道：就差这么一点点。

　　　　　　　　　　　　　　　　　　　　　　　　（摘自人民网 2017 年 11 月 18 日）

无所事事不是慢生活

王 欣

　　和家里相熟的阿姨有个女儿，今年 26 岁，大学毕业后在北京工作，但三年里至少换了五家公司。

　　每次她辞职之前，都会约我出来倒一倒苦水，说起自己在公司如何不被重视、被老板压榨、被同事算计，甚至公司离家太远、考勤太严……最开始我还支持她换工作，但直到她要换第五家公司时，我才突然意识到：谁在公司没有经历过被剥削、被排挤、被轻视的阶段？每天早出晚归、准时出勤、完成工作，这难道不是每个人生活的常态吗？总之，这一切并没有什么好抱怨的。

　　终于，在她说到同事俗气、心眼多、合不来，决定第五次辞职时，我打断了她，劝说："任何人去任何公司上班，都是为了挣钱生活、积累经验，而不是为了去交朋友。同事只是为了完成公司目标而被商业契约绑在一起的陌生人，只要他做好他的、你做好你的，大家能共同完成工作就好。如果能成为朋友，那是良缘；不能成为朋友，下班了就各走各的，关起门来自己过自己的日子。至于他俗不俗、土不土，和你真的没什么关系。所以，我觉得你因为这个原因辞职挺不明智的，要不要再考虑一下？"

结果，小姑娘对我说："不考虑了，上班太没劲了。我其实想过慢生活。去腾冲开个小咖啡馆，简简单单，也挺美好的。"

那次见面之后，小姑娘真的就打包离开北京，去了腾冲。看她的朋友圈，果然在当地开了个咖啡馆，每天拍猫、拍草、拍阳光，感叹这才是生活。不得不承认，有几次，我看了也的确很羡慕。

直到前不久，小姑娘打电话给我，支支吾吾说要借钱，说进入了淡季，没什么客源，但日常开销还是要付的。她实在不愿意再打电话向家里要，她妈只会唠唠叨叨，让她赶紧回老家找个正经工作，根本不理解她。

我沉吟了一下，给她转了一些钱，虽不是她想借的数目，但我让她不必惦记还了。挂电话前，我对她说："别怪我帮你妈说句话——如果你的咖啡馆一直是靠花家里的钱运转着，那你过的就不是慢生活，而是啃老的生活。"

我今年决定辞去一切全职兼职、专心在家写一阵书的时候，好些熟人对我说："真羡慕你，自由职业，想睡就睡，想写就写，真正的慢生活。"

我敢慢吗？我真的不敢。

我早上七点起床，迅速吃完早饭，便坐到电脑前开始写作。无论是整理书稿，还是撰写专栏，我都要保证在中午 12 点前这几个小时是心无旁骛、全神贯注的。

午饭后，我集中与各类刊社就约稿需求进行沟通——确认合作，协商修改，约定一切相关事宜。这些其实和我以往每天的工作内容一样：邮件往返，电话会议，见面沟通，案头落实——唯一的区别，只是办公地点不一样而已。

如果我能按时、保质完成当天的计划，那么，我的确可以自由安排剩下来的时间，买菜做饭、看闲书、喝大酒、玩玩儿狗什么的。如果我能在一段时间内都坚持认真完成计划，那也许我就有时间和闲钱出门旅行一阵。但，要是因为犯懒、松懈或者任何自找的理由，拖延了工作，我就得有那么几天不能好好睡觉，没日没夜赶工，并面临因此造成的脱发、爆痘、胃痛等一系列健康危机。

你想慢，但签过的合同、定死的时间不会慢，维持生活的种种消费不会慢，唯一能和你一起慢下来甚至彻底停顿荒废的，是你好不容易掌握的某种重要技能。

作家村上春树从 20 多岁出版了第一本小说后，至今 30 多年，不间断地写作、出版。他把自己的一天规划得井井有条：清晨出门跑步，然后写作直至中午，下午学习，晚上社交。很多人羡慕他整洁、温馨的书房，有唱片、吧台、各种小玩具。如果你能像他一样，每天坚持写作 4 小时以上并长达 40 年不间断，那么你也配拥有一间这样的书房——虽然里面堆满了好玩的一切，但当你工作时，你知道你不会受任何影响。

作家严歌苓也是如此。她说：写作是一种长期的自律训练。当你懂得自律时，那些困难都不算什么。我每天都会和自己结账，今天有没有做什么有价值的事，我不想荒废时间。当你看到我慢下来，那是因为我已经往前走了不少。

是的，所有你看到的，那些惬意、闲适、无拘无束、不受金钱困扰的慢生活，其实都是人生给予自律者的奖赏，是生活中某一个甜美的瞬间，却并不是全部与日常。

你敢慢下来，是因为深刻了解自己，然后，在其他人把时间用于工作、扯闲、无聊发呆，甚至猜忌谩骂的时候，你做完了便可以停下来，把剩余时间花费在一切美好的事物上。

慢生活，是有底气的自给自足，而不是好吃懒做的得过且过。

所以，当你再一次去了什么古镇旅游，被小镇一脸安详的居民和简单古朴的生活感动，觉得必须从大城市辞职，来这里安居乐业才不枉下半生时，请你认真地想一想：打动你的，是不是这种生活的表象？又或者，你有没有维持这种表象的资本？

开咖啡馆、卖私房菜、做最有品位的客栈老板娘……这些事情，统统是严肃的生意，需要精打细算、深思熟虑，做好完整的、可持续的商业计划时，才得以成立。若你把这些简单想象成一种生活方式、一条对抗朝九晚五工作的退路，很抱歉，那是一条死路。

又或者，你想彻底辞职，靠"穷游"环游中国甚至世界，你不怕风餐露宿、粗茶淡饭，甚至必要时可以上街卖艺……在你晃晃悠悠一阵后想重回职场、投入社会，却会因简历上断裂的一大段空白而被挡在大多数公司门外，于是居无定所、打零工，从你选择的生活方式变成了你以后不得不过的生活。这样，你也无所谓吗？

无所事事、碌碌无为，并不是慢生活，而是消极地活着。

（摘自微信公众号"反裤衩阵地"）

怨天尤人难翻身

吴淡如

最近，我到一位厨师朋友的餐厅吃饭。当晚，餐厅的人不多，朋友做完菜后，出来和我聊天。"唉，真不知道生意该怎么做。最近，我们这条街开了好多家餐厅，竞争者愈来愈多，把这里的生意搞得愈来愈难做。"他说。

他抱怨了很多事情。比如，台北市的上班族愈来愈穷，很多人是"月光族"，根本没有钱到外面吃饭。还有，最近几个月天气不稳定，雨常常下得很大，人们不愿外出吃饭。他还认为，老板决定不为餐厅申请信用卡付账，客人得用现金，这应该也是客人不愿上门的理由。

我听着他的抱怨，忽然想起半年前我来这里的时候，这家餐厅刚开业没几个月，朋友觉得客人没想象中多时也曾抱怨："唉，真不知道生意该怎么做，这条街上只有我们一家餐厅，客人不会专程走过来，生意很难做。"

老天爷一定觉得，人类真难讨好啊。只他一家很难"集市"，多来几家集了市，又怨叹来抢生意的人多。

我对他说，或许我可以帮他解决问题，如果他有财务报表的话。他拿来了，我看了一会儿，不久就发现一个问题："你的生意在中午时挺好，但晚上不太好，这里是上班区，晚上恐怕不太好做。不如在晚上削减开支。你看，你的店里晚上有 5 个工作人员，但是平均每天晚上来不到 10 个人。如果晚班少请一些人，人力费用就会少很多。"

他听到这个建议立即反驳："老板也觉得我请的人太多。可是我是从五星级饭店出来的厨师，不多请几个人，没有面子。何况，有时晚上会有人订生日宴会什么的，万一客人忽然变多，我很难马上找人来帮忙。"

他不想变。我苦笑，知道自己不必再说什么。商业社会的数据都会说话，如果数据不够理想，一定有必须要解决的问题。如果只知怨天尤人，那么，你只能等着让问题打败你。

一个人如果一直怪来怪去，刚开始，他会过得很轻松，因为错都在别人身上，但他终会活得愈来愈沉重。最糟的是他会怪起自己的命来。怪命运最容易，因为天已注定，都不关自己的事。走到怪命运这个地步时，就难翻身了。

一个人的态度，决定他会不会找到光。如果他能心平气和地接受事实，并且想方设法改进，那么，他永远是一个值得期待的人。

(摘自《幸福·悦读》2015 年第 10 期)

年纪越大，越没人原谅你的懒

苏 心

最近，我先生的一位近门大伯病重，我和他去医院探望。

我和老公到医院时，楼道一头，大伯的女儿正在低声但愤怒地数落他弟弟：亲爹生了病拿不出钱，也不怕人家笑话！

大伯的儿子四十多岁，大半辈子就是混日子。有点钱就去喝酒，媳妇不但不反对，还跟着一起喝。就一个儿子，早早辍学，东游西逛，二十多了，也没个正经工作，跟姑娘谈恋爱，人家一打听家庭状况就逃了。

看到我们去，姐弟俩停止了争吵，陪着一起到病房看大伯。

大伯一直昏睡着，怕打扰他休息，安慰了几句话，我和老公就退出来了。

大姐送出来，边走边和我们发牢骚：你说有这样当儿子的吗，我爸住院一块钱也拿不出，连买饭的钱都找我要，说他没钱，你说人家两口子这半辈子怎么混的，懒得要命，恨不得天天在家躺着睡大觉，一点存款没有，自己儿子也这么大了，看他们拿什么给儿子结婚买房子！

没多久，大伯去世，按我家乡习俗，办理后事的钱，是要儿子出的。可这两口子半生也没点积蓄，急得抓耳挠腮。

有人劝姐姐帮衬一把，再出点钱过去眼前这一关得了。可姐姐已经心力交瘁，说自己全家也是起早贪黑谋生活，一年到头都没个休息日，他们一家倒好，怎么舒服怎么过。老人得病都是她出的钱，做儿子的一分没拿，那时她不想计较，给自己的亲爹治病，花钱认了，可现在再要钱，一分没有！

姐姐说得很决绝，别人也就不好再劝了，大家纷纷指责那两口子太不争气，不值得同情。后来还是大伯的外甥和侄子一起掏钱，给老人简单料理了后事。

前段时间，有个很火的文案，主题是：年纪越人，越没人原谅你的穷。

其实，这个穷有时候不是人存在主观原因，而是有一些无能为力的客观因素，让人在穷那里迟迟不能翻身，比如时运不济，比如病。

穷本身，没有什么不能原谅的，这里面有好多是人生际遇造成的。不能原谅的，是懒造成的穷。

搬家前，我对门的邻居经常半夜吵得天翻地覆，让我几次从梦中惊醒。我天生神经衰弱，总是处于浅睡眠，大半夜的被人一吵，基本就难以入睡了。

在又一次被吵醒后，我愤怒地去敲门，女邻居开门看到我，先是显得很不好意思，然后眼泪就哗哗流下来说："对不起，打扰您休息了，我家这日子实在是没法过了，要不谁家大半夜的天天吵？他都三十大几的人了，这些年都没挣多少钱，自己想做个买卖，又没本钱，给人打工不是嫌脏就是嫌累，整天求人找工作，然后找到干不了几天就不去了。我家这房子按揭买的，我在快餐店一个月两千多块钱工资，除去一千多块还房贷，剩下的就是一家开销，都不敢花钱。孩子眼看大了，父母也老了，哪里不需要钱？你看你家大哥多好，踏踏实实上班，就算发不了财也能和你一起养家吧，哪个女人愿意跟这种又穷又懒的男人？"

我看看那个男的，黑着脸，梗着脖子嚷：一个女人不安分守己过日子，整天看人家男人比我好，有本事你离婚找一个去，谁要你啊！

我看越掺和他们吵得越厉害，就回家了。老公在沙发上等我，问，劝好了吗？我狠狠地说，才不劝呢，早该离了！这种男人，简直就是"白光"！

我嘴里的"白光"，就是前段时间电视剧《我的前半生》里罗子君的妹夫，又懒又穷又暴躁，谁跟了那样的男人，倒了八辈子霉。

是的，不是人人都含着金钥匙出生，都有一个动辄把一个亿当作小目标的爸爸。穷不是你的原罪，但穷太久就是你的错了。

在后台，经常收到一些和我抱怨的留言，说自己出身贫苦，一没技能二没文化，累死累活也爬不出社会的底层，再努力也没有用。

不是这样的。

这个时代，虽然有很多迅速进入富人阶层的传奇逆袭人物。但是，勤劳致富依然是亘古不变的真理。

我老家有好多亲戚，虽然没什么文化和技术，但这些年在城里打工，辛辛苦苦干活，收入也并不低。这几年，我眼看着他们买房、买车，一路奔小康，日子都过得热气腾腾。

穷和弱，只是暂时的缺失和轮回。只要你一直心怀希望去努力，你想要的，时光总会一点点兑现给你。可是，如果你只是躺在床上做白日梦，一切也就是想想罢了。

人的天性都是喜欢安逸的，但每个人在命运之初都有两条路要走，一条是必须走的，一条是想要走的，把必须走的路走漂亮，才有资格走自己想要走的路。

懒，会让你坠落，等你感到特别难受想出来时，已举步维艰。那个当下，你会尝尽世间白眼，包括最亲的人！

命运就是这样势利，当你对它无能为力时，它会把你打倒在地，再踩上一只脚。

而走那条必须走的路，无论谁，都会感觉特别沉重。

但当你一天天努力往上走时，你会觉得脚步越来越轻盈，直到有一天，有了飞的感觉。

　　此时，命运会像个久别重逢的挚友，拉紧你的手，攀上一个又一个人生的台
阶。

（摘自微信公众号"十点读书"）

修炼自己

俞敏洪

不管时代怎么变迁、技术怎么发展，想要取得成功，最重要的还是修炼自己。

在中国的各个群体中，如果说有一个群体最不能落后，那就是企业家。

企业家每时每刻都在接受新思维、新挑战，并且要勇于改变和改造自己。他们不仅仅在寻求变化，而且必须把自己的企业、事业及自身放在变化面前考虑，在变局产生之前就必须布好局。

作为企业家，还必须具备非常敏锐的判断能力，要立得住、坐得稳，这是很难的。数年前，我们一帮企业家在一起吃饭，马云和王健林有一次对话。当时王健林要做万达影院，马云建议王健林："你别做影院，所有的电影一放到网上大家都能看到，随着家庭影院的兴起，家庭的屏幕和音响不比电影院的差。"然而，看看今天万达影院的收入，马云在这个判断上出了一些问题，而王健林的判断很正确。当时王总只说了一句话："小马哥，你能想象两个人谈恋爱，在家里看电影,父母看着他们的场景吗?"这就是商业判断。

阿里巴巴为什么做得这么大,新东方为什么做得这么小?原因是我和马云的自信度不一样。我跟马云有很多相似的经历,我们两个人都是学外语的,都是高考考了3年,第3年才考上的,我考上北大的本科,他考上杭州师范学院的专科。大家马上就明白了,这两个人不仅仅有长相上的差别,而且还有智商上的差别。

但马云比我厉害的地方是,他给自己定了一些非常高的标准:要从专科变成本科,要成为校学生会主席,要跟学校的校花谈一场恋爱。

这三条标准在我进入北大后看来,都是没法实现的,结果他在大学四年里全部实现了。

我在北大整整自卑了7年,没追过任何女孩子,没参加过任何学术活动,只有一个理由,就是我觉得自己做了也是失败,反而丢了面子。我干脆不去做,别人也就不知道我失败了。

关键是如果你不做,这个世界就跟你无缘。

我身上有没有谈恋爱的能力呢?一定有,我第一次追女孩就追成了。我有没有做事情的能力呢?有,我第一次创业就是做新东方,就做成了。

因此,当你的能力被自己否定掉的时候,你在这个世界上是做不出事情来的。

所以我常常说,我非常庆幸我一次就把新东方做成了,要是做不成的话,我没有勇气第二次创业。

马云做阿里巴巴已经是他第五次创业了,他依然相信自己能把事情做成,结果阿里巴巴做成了。另外,阿里巴巴比新东方晚了8年到美国去上市,但是市值比新东方高了几十倍。

(摘自《读者》2016年3期)

真正的高贵不是出身，是教养

赵思彤

真正高贵的不是出身，是教养。

教育家苏霍姆林斯基曾说过：在人类心灵的花园中，最质朴、最美丽和最平凡的花朵就是人的教养。教养，是培养孩子成人的灵魂，是教育孩子成材的基础，只想通过穷养或富养的捷径，剑走偏锋。看似奇巧，自以为可以出奇制胜，其结果，往往事与愿违，功亏一篑。有教养的人必然是懂得自尊与尊重他人的人，是衣着举止得体、知书达理、做事有分寸的人。在生活中他们就好像阳光，带给人温暖和幸福，相处起来更让人觉得舒服，更能赢得别人的尊重和认可。

对于父母而言，当你每天讨论穷养、富养的时候，其实都不如教养来得实在，无教养寸步难行。教养是一笔珍贵的财富，与其给孩子留下财富，不如把孩子变成财富。所以，教养是父母给孩子最好的礼物。良好的教养，才是孩子立足的根本。

　　很多人常说，怎样判断一个人有没有教养呢？好像很难。其实也不难，一个人有没有教养，就看他得意时的姿态。有的人取得一点小成就，或者一点点虚妄的名声就飘飘然，开始吹嘘自己、看不起其他的人；有的人面对比自己地位低的人，总是一副居高临下的姿态。这样的人，你会觉得他有教养吗？

　　古来，成功之士大多怀有谦逊之心。比如：不耻下问的孔子、三顾茅庐的刘备、韬光养晦的曾国藩。谦虚谨慎，其实也是一种美德和修养，希望你我都能有。

　　教养，让你跟别人不一样。教养跟穷富无关。飞法国的头等舱上也有没教养的行为，偏远乡村的田埂上人们也知道礼义廉耻。所谓教养，简单来说，就是不管你的出身和背景，都努力做个更好一点的人。

　　农民工担心自己弄脏了地铁的椅子，席地而坐，是教养；小朋友不小心打破了邻居家的花盆，在门口等了主人一整天就为了说一句"对不起"，是教养；爸爸妈妈从来不在老人和孩子的面前吵架，是教养。

　　教养像是万物复苏的春天，给人带来百花齐放的美好享受，又像是高温炎热的夏天，让人感受到火辣辣的热情。

　　然而现实中，我们的教育只灌输知识，不培养气质；只注重有形的考核指标，不看重无形的心灵塑造。易中天就曾经批评：教育的目标是"望子成龙"，标准是"成王败寇"，方法是"死记硬背"，手段是"不断施压"。至于孩子们是否真实，善良，没有人去想。这样的教育，培养的是"为己"的人：通过努力的考试，获取更多混迹社会的凭据。

　　无微不至的教养，在你不经意间，也能泄露出你的灵魂；在你卑微的时候，也能彰显你的贵族气质。被称为"中国最后的贵族"的郭婉莹，直到临死前的一天，还要求自己无论如何都要穿旗袍。毕淑敏说："教养是细水长流的，具有某种坚定的流向和既定的轨道性。"它是后天养成的品质，但一旦养成，就深植于我们的骨髓。无论在什么时候，展现我们的教养，等于展现我们灵魂的模样。

　　教养不仅仅是发乎其外、如何待人接物的姿态；实际上是"为己"与"为人"的结合。正如有人总结过的：让别人舒服，让自己不憋屈。当你需要吵吵嚷嚷向别人表现自己的教养之时，其实你已经没什么教养。当你自信于自己的行为举止，乃至生活方式、应世观念，你无往而不是在展现教养。这就是所谓从心所欲的境界。

(摘自人民网 2017 年 2 月 18 日)

读书，不只是为了钱

冯小凤

　　前几天回家时，和妈妈一起吃午饭，她脸上有阴郁的神色，或者说不上阴郁，反正是不好看的样子。吃着吃着，她突然说："你堂兄在路边开了个餐馆。"

　　我不以为然地回道："很好啊，你去道喜了吗?"

　　妈妈点了点头，继续说："隔壁的李叔讲，说不定以后你还搞不赢你堂兄呢!"

　　听到这句话，我就大约知道妈妈到底要跟我说些什么了。

一

　　我有一个堂兄、一个堂妹住在隔壁，我和堂兄同时上学，堂妹则比我们低一届。至少在从读书开始到毕业之前这近二十年的时间里，我一直是我们家在村子里的骄傲。

我是村子里第一个考上重点高校的人，也是第一个硕士研究生。当然在当今社会，这些都不值得吹嘘，毕竟在外面待得久了，就知道这样的履历，算不上什么。但是，村子里的人可不这样看。我读书的时候就一直告诫妈妈，千万不要在村子里跟别人总是提起这些事。倒不是因为想要低调，而是因为此时我学习上的荣耀，必定会成为彼时他人在事业上对我的调侃。

果不其然，这种情况在我工作后便不时出现。

这两年，听妈妈转述最多的一句话便是："你屋里崽读这么多书，一点都不爱讲话，你看隔壁那谁谁谁在社会上多吃得开。"每每听到这样的言论，我心里的独白是："我读书学会的是聊天的时候要有礼貌，至于我说多说少，关读书什么事啊。我向来沉默寡言，性格生来如此，我跟你说话的时候有礼有节就足够了，你想要我多说话，那你得跟我聊有内容的东西啊，谁要跟你扯那些滑得流油的场面话。"

鉴于此，毕业后，我在一家私企的实验室工作，我喜欢那一点也不复杂的工作氛围，面对着架子上的瓶瓶罐罐和简单的同事，没有钩心斗角和尔虞我诈。拿着可以糊口的年薪，虽然不高，但也足够生活。

工作之余，我几乎都宅在家里。我买了满满一书柜的书，现在还以每月五本到十本的速度增加，我并没有全部看完，但也已经看完一半了。

我也喜欢写作，虽然写出来的东西没有人看，但是不可否认，我内心是满足的，更是充实的。对那些没事就打麻将、逛酒吧的人，我只想说，你们过得很快乐，其实我也一样，我的生活状态让我很快乐。

可悲的是，这种快乐只是我的，而不是长辈的。在他们眼里，我就是不思进取——读了那么多年的书，学历也不差，按理说，就应该比人家高出一筹。而且在他们的眼里，这个"高"只能靠钱来体现。读进去的书就应该等同于赚到手的钱，想必这就是村里人最朴素却又有些可悲的价值观了。

二

堂妹职高毕业后，去了北京工作，前年回来了，从那时起便一直在做微商。

我从来不需要去打听堂妹赚了多少钱，因为我妈会把堂妹每一笔大的消费向我清楚地讲一遍、两遍，甚至三遍、四遍。

比如说，堂妹已经帮家里还了十几万的外债，买了房子，给她妈置了几万块钱的金首饰，近期又准备买车了。当然，说的时候一定会加上年龄，那便是堂妹才二十五岁。

还有堂兄，大专毕业后，在工地上工作了几年，卖过一年保健品，后来结了婚有了小孩，又做了两年网络直销，如今开了一家餐馆。

听上去，他们都算是不错。说实话，我也由衷地替他们高兴，如果他们事业有成，也是我们整个家族的荣耀。可我最怕听到我妈那句话："你读了二十年的书，千万别到最后还搞不赢你堂兄啦，他还只是大专毕业。"

其实我不懂，搞不搞得赢某人，到底要从哪些方面来衡量？自己内心充实快乐到底算不算成功呢？即便我心里一百个肯定，却也改变不了家里人的看法。

其实这也并非我妈一人的观点，在我们村上持"书就是钱，读了书就应该赚大钱，赚不到大钱就是没用"这种观点的人实在不在少数。这些人说话永远是酸溜溜的，一开口就是"读书无用"之类的论调，我想他们如果要举例子，拿我做典型是再好不过了。

可笑的是，如果他们的小孩考试考得一塌糊涂，必定少不了一顿打，好像在那一瞬间，某种观点便从他们的脑海里消失得无影无踪。

三

在村里，有一大部分人都是一边卖力地说着"读那么多书，其实也没什么用"，一边又竭力给他的孩子描绘读书能够买车、买房的远景。这种矛盾多么可笑，又多么可悲。

当然，我不否认读书能带来财富，但那是精神财富，如果硬要跟物质财富扯上什么关系，那我只能说认真读书是通往物质财富的众多道路中的一条而已。你走不走那条路，完全取决于你自己。

读书，是为了什么？儒家说，正心、修身、齐家、治国、平天下。我没那么大的理想，正心、修身对我来说便已足够，而读书恰能告诉我如何正心、修身，成为一个自己想要成为的人。

（摘自《读者》2016 年第 4 期）

读书是一生的事

王 凤

一

念高中时，常听班主任提起一个学姐。她几乎不跟周围的人说话，也没什么朋友，直到高考，她考进全省前 10 名。市里去拍摄宣传片时，大家才发现她家中一贫如洗，父亲早已过世，母亲卧病在床。

读高中时，为了省钱，她经常趁别人吃完饭离开后，去捡剩的馒头，一边捡，一边吃。那时候，有些高校会给优秀高考生数万元的奖金。她说，她高中 3 年拼命学习，目标就是拿到那笔钱，这样她就能赚够学费了，亲人就再也不能逼她辍学，早点嫁人。

"像我这种出身卑微的人，连任性的资格都没有，就害怕一停下来，便被别人狠狠地甩在后面。"

知乎上有个提问：底层出身的孩子，假设当年没能考上"985"或者"211"大学，你会损失和错过什么？什么是底层？就是除了你自己，一无所有。只能靠自己的人，连个性都是奢侈品。

<h1 style="text-align:center">二</h1>

有人说，这是一个英雄不论出处的年代，也是一个英雄必论出处的年代。龟兔赛跑，如果兔子一直在拼命跑，结果会怎么样？

英国BBC曾拍摄纪录片，展现14个孩子50年的人生轨迹。7岁时，来自精英家庭的John和Andrew已经习惯了每天看《金融时报》或《观察家报》，而贫民窟孩子的理想，则是能少罚站、少被打、吃饱饭。

50年后，几个精英家庭的孩子，上了好学校，找到好工作。3个中产家庭的孩子，有一个成为精英，两个依旧中产。而几个来自底层的孩子，包括他们的后代，依然常常与失业相伴。

知识改变命运的背后，也是一场关于家庭的较量。有钱的基础是，你家庭的资源、背景，加上你的努力和运气。但大多数人，不过是为了生计而出卖劳动的人。

人脉、财富、教育等资源，会父传子，子传孙。

据《中国家庭发展报告（2015年）》中数据显示，农村80%的留守儿童从没参加过课外辅导；在西部贫困农村，63%的学生甚至没有高中文凭。

中国校友网对全国各省高考状元开展调查，发现在2007年至2016年间，全国的高考状元中，近五成状元的父母是教师（35%）和工程师（12.6%），近两成的父母是公务员。来自农村、经济状况欠佳家庭的状元比例在逐年下降。

这种现象，就如同2017年北京高考状元说的："像我这种生于北京中产家庭的孩子，在教育资源上享有得天独厚的条件。我在学习的时候，确实能走很多捷径。"

原生家庭对人的影响，真的太大了。有时你不得不承认：自己努力的天花板，不过是别人的起点。条条大路通罗马，而有人就出生在罗马。

人的每一种奢望都是设想"如何能付出最少而得到最多"，但这个世界并不存在这种极端不公平的交易。

所以大学，起码为底层人群提供了可行的前进捷径，终其一生或许谈不上逆袭，但在人生的接力赛中，你将是自己孩子的起点。走过这条千军万马的独木桥，以后的门票会越来越贵，你可能再也买不起入场券了。

<h1 style="text-align:center">三</h1>

为什么一定要上名校？

1.你身边人的优秀程度，会影响你。

过去 20 年来，北大先后有 500 余名保安考学深造，有的甚至考上研究生，当上了大学老师。

每个学校都有保安，但为什么这种成群结队的考学行为，在名校发生的概率更大？在媒体采访北大保安第一人张俊成的报道里，或许就藏着答案。

张俊成说，有次站岗，看到一位老人骑车过来，快到门岗前，老人下车，推车走过。经过门岗时，老人点头跟他说："你辛苦了。"张俊成感到受宠若惊，他问旁人："这是谁？怎么这么尊重我们？"别人告诉他，老人是北大校长。

在保安岗位上，张俊成也曾一度迷失，他说："那个时候非常无知、愚昧。"但他却得到了多位北大教授的热心帮助。在教授们的建议下，他才开始重新读书学习。

心理学博士采铜在《精进》一书中谈道："一个年轻人，进入一所不那么优秀的高校，对自己的标准会不由自主地降低以适应这个环境，减少自身与环境的冲突，而这种做法对他们人生的影响也许是致命的。"

但在一片向上的氛围中，周围的人都在努力，自己也会用相对严格的标准来要求自己，不断自省。哪怕最后变不成最优秀的，也可以很出众。

2.名校的光环，是一种优秀的传递。

如今，大学生如同韭菜，收完一茬又会有一茬，已经不怎么抢手了。在这种情况下，"名校"就是一块招牌。

稍微想一想，就不难理解，亲戚家有孩子考上名校，周围的人会口口相传，"谁家的孩子，上××学校了！了不起！"即便八竿子打不着的关系都要掰扯清楚，好像有了这层关系，自己的身价也能水涨船高。

名校在人心中的地位始终不一般，它的声望是由多年来源源不断的人才输入和输出形成的。所以用人单位选择名牌大学的求职者，成本无疑是最低的。在他们看来，一个人出身名校，起码意味着智商高或者有毅力。

而现在，国内大公司招聘时，几乎都会明确地写明岗位的学历要求，有些岗位要求至少是本科以上学历。

3.人脉的扩张，是一个人能力与资源的扩张。

好大学能给你接触更广泛圈子的机会。人脉的扩张，也是一个人能力与资源的扩张。

有次和一位正在创业的学长聊天，他说他现在的团队，基本是研究生时期的同学，并且导师觉得他的项目前景不错，主动帮他做宣传。

当年北大毕业的陆步轩，以卖猪肉为生，全国哗然。别人只看到才子卖猪肉不光鲜，但陆的校友陈生却注意到：一个档口，自己一天只能卖1.2头猪，陆步轩却能卖出12头，简直太牛了。

陈生邀请他做品牌顾问，两人合作成立"屠夫学校"，养殖土猪。后来，他们开了几百家连锁店，陈生的身家也过百亿。

不光是创业上的资源，为什么名校毕业生大多能找到外人眼中不错的工作？除了本身的能力，校友的作用也很明显。比如前辈在大型企业上班，那你进入他的圈子实习和求职的机会，一定会比其他学校的学生多。

4.薪酬待遇。

更功利性一些，如果你以赚更多钱为目标，学历绝对是决定因素之一，在薪资这件事上，国内外都保持了一致。福利待遇好的岗位，都有硬性的、比较高的学历要求。

2010 年，中央国家行政机关对学历的要求，硕士以上学历的职位有 294 个，占职位总数的 54.55%，而专科学历可以报考的职位只有 1 个。

5.受教育程度低的人，通过嫁娶来改变命运将越来越难。

从相同或相似的群体中挑选配偶，这种门当户对式的婚姻匹配，被称为"同质婚"。反之，跨越社会群体壁垒的婚姻，为"异质婚"。

据《中国家庭发展报告（2016 年）》统计数据显示，20 世纪 80 年代以后，相同和相近文化程度的婚姻匹配比例显著提高。

"男高女低"的异质婚配模式减少，受教育程度低的人群更加难以通过婚姻实现阶层流动。女性选择比自己受教育程度高的男性的空间越来越小，越来越集中在比自己仅仅高一个层次的梯度，也就是现在人们常说的"你是谁，就会嫁给谁"。而受教育程度低的农村男性，在择偶时面临更为严峻的困境。

四

一张高校文凭，不能确保让人站上顶峰，却会让大多数人免于跌落谷底。

那些说它"没用"的人，不过是一直处在谷底上方，但这绝不等于"谷底"不存在。

曾看到一位网友的跟帖，他说："其实我没参加高考，没读过大学，现在也过得不错，但这是我几年来起早摸黑努力得到的结果，不可以说读书无用。其实读好大学，人生肯定会有个好的起点，同时能更好地认识世界。"

学识影响眼界，眼界决定格局，而格局影响人一生。

读书是一生的事，不是什么时候要用到了，我们才去学什么。

刘媛媛在《超级演说家》中曾发表过这样一段演说："有些人出生就含着金

汤匙,有些人出生后连爸妈都没有,人生跟人生是没有可比性的。我们的人生怎么样,完全取决于自己的感受。你一辈子都在感受抱怨,那你的一生就是抱怨的一生;你一辈子都在感受感动,那你的一生就是感动的一生;你一辈子都立志于改变这个社会,那你的一生就是斗士的一生。"

这个世界就是,一些人总在昼夜不停地运转;而另外一些人,起床就发现世界已经变了。

(摘自微信公众号"槽值")

让心中驻进一位"工匠"

朱 磊

专注、耐得住寂寞、对于喜欢的东西穷尽精力，对于细节精益求精，原本以为这样的人遥不可及，最近却发现并非如此。

一位朋友，几年前迷上了漆艺，原以为他只是兴趣使然，不会持续太久，因为他平日工作太忙，没想到最近再去看他，已经成为国内该领域小有名气的专家，这些年他将所有业余时间都投入在这个爱好上，制作的漆器作品也从供朋友欣赏升级为高端定制。

身边类似的例子还有不少。一位媒体朋友因为喜欢钻研美食，专门做了一个厨艺分享网站，如今竟有了数量可观的会员；一位律师朋友，爱好武术，多年苦练，最近在国内比赛上已拿了几块奖牌；一位一直研究古诗词的同学，在业余时间开设了自己的诗词评析公号，现在已走上大学讲堂，和高校学生分享心得……

这些成功看似偶然，但细细揣摩，从业余爱好走向专业认可，是缘于几个共性的原因，其一，在兴趣的指引下，找到了自己的爱好，专注投入，只求技艺精进，不抱功利之心；其二，因为水平的提升，得到市场和专业领域的认可，不仅拥有了"粉丝"，而且实现了以技养艺的反哺。

而在两者的背后，折射出的正是工匠精神，热爱、专注、精益求精。

在一些人看来，工匠精神听来多少有些"高大上"，但其实，技艺水准或许有高低，仅就精神追求而言，每个人的心中都可驻进一位"工匠"。认真修手表也可以从技师成长为大师，专注于唱歌也可以让歌声引起他人的灵魂共鸣，躬耕于美食也可给周围的人带来身心愉悦……不管怎样的职业、不分行业和领域，在真诚热爱的基础上精益求精，拥有诚心、耐心与专心，这都是对工匠精神的最好诠释。

让心中驻进"工匠"，需要心怀热爱与欣赏。正如那个人们耳熟能详的寓言：面对同样盖房子的工作，在第一位工匠看来，只是在做砌砖的工作；在第二位工匠看来，是在盖房子，让人有所居；在第三位工匠看来，自己的工作是为了让这个城市变得更美丽，让住进房子的人能够更开心、幸福。只有对自己所从事的工作心存热爱，才能更长时间地坚持与付出。

让心中驻进"工匠"，还要有足够的恒心与毅力。喜欢一件事不难，但难的是持之以恒，不懈坚持。以毅力和耐力去经受各种磨炼，以钻研精神始终力求精进，方能不断取得进步。

尤其是当下，随着互联网的发展、自媒体的普及，"快"似乎成为人们生活与工作的最重要节奏，而在这样的节奏中，坚守工匠精神，有沉潜之心、躬耕之力，就愈加弥足珍贵。当然，互联网的迅捷和快速，也使得坚守"工匠精神"的匠人，不再只有躲进小楼成一统的寂寞，不再"酒香也怕巷子深"，而是可以更快传播，更有机会获得知音共赏、市场青睐。

期待，每个行业的每个人都能坚守工匠精神。让工匠精神真正成为整个文化市场发展和个人进步的信心保障。

（摘自《人民日报》2017年8月31日17版）

一张宣纸

庄寄北

墨韵万变 纸寿千年

宣纸因原产于宣州府（今安徽宣城）而得名，现主要产于安徽泾县。2006 年 5 月 20 日，宣纸制作技艺被列入第一批国家级非物质文化遗产名单。2009 年 9 月 30 日，宣纸传统制作技艺获联合国教科文组织肯定，列入人类非物质文化遗产名录。

关于宣纸的起源，有个传说。

皖南孔丹，见一古老青檀树倒在溪边，终年日晒雨淋，露出白皮，他取之造纸，这便是后来有名的宣纸最初的形态。宣纸中有一种名为"四尺丹"的名贵品种，一直流传至今，就是为了纪念孔丹。从四尺丹开始，宣纸真正有了纸寿千年的光阴。南唐时宣纸中出现一种珍品——澄心堂纸，其纸薄如卵膜，坚洁如玉，细薄光润，长者可达五十尺为一幅，从头到尾，匀薄如一。南唐后主李煜视这种纸为珍宝，赞其为"纸中之王"，并特辟"澄心堂"来贮藏，故名"澄心堂"纸，供宫中长期使用。澄心堂纸质量极高，但传世极少，千金难求。北宋扬州太守刘敞曾有幸得到百张澄心堂纸，他兴奋异常，写诗道："当时百金售一幅，澄心堂中千万轴。"后来，刘敞又送了十张纸给欧阳修，欧阳修作诗："君家虽有澄心纸，有敢下笔知谁哉！"到起草作宋史的时候，才动用澄心堂纸，可以想见其慎重的程度。到了明代，书法家董其昌得到澄心堂纸也感慨"此纸不敢书"。2008 年 8 月，在北京奥运会的开幕式上，全世界见证了五千年中华文明在一幅宣纸长卷上徐徐展开，盛世神韵令世界为之惊艳、震撼！

宣纸，轻妙而又厚重，这重量中藏着一个城的历史，这个城便是宣城。泾水流白云，青檀捧素笺。宣纸最早的起源可追溯到唐代，其制作技艺在泾县一地历经千年，世代相传，宣纸也因这座南方小城而得名。泾县青山连绵，雪峰洁白，层层叠叠，蔚为壮观。这些"雪峰"堪称泾县一景，它们是由挑夫挑上山坡晾晒的宣纸原料所"染白"。这些混杂树皮与稻草的原料，经过蒸煮后在阳光下晾晒，也在风雨中浸泡，从而获得一种浸润与风干的"冶炼"。宣纸的妙味，也在这蜕蛹成蝶的过程。洁白细腻的宣纸以青檀树皮和沙田稻草为原料，经过反复蒸煮、洗涤、踏料、切皮、捶打、捞纸、摊晒等，经历三年，18 个环节，100 多道工序后制成，可谓"得日月之精华，吸天地之灵气"。

也正因为宣纸的清白高洁，方可挥洒出行云流水的诗情画意。"一帘水靠身，二帘水破心。"捞纸的整个过程不过十几秒，但是宣纸的好与坏、厚与薄、纹理和丝络就全在这一"捞"上。

周东红，中国宣纸集团一名捞纸工，从事捞纸工作已经三十多年了。国内不少著名的书画家都点名要他做的宣纸。一般人捞纸能做到70%合格率，而他却能将成品率做到100%。周东红和他的搭档每天要重复捞纸上千次，自水槽中打捞那捧白月光。他说："每张纸都有自己的灵魂。"正是这份匠心，才成就了宣纸韧而能润，光而不滑，洁白稠密，纹理纯净的特性。

　　在宣纸集团，还有一种超级宣纸，长 11 米，宽 3.3 米，名曰"三丈三"。这是目前世界上最大的手工制作宣纸，已被列入世界吉尼斯纪录。仅是捞纸一项就需要 52 名匠人同时进行。这样一张宣纸，要卖到 1.28 万元。不知情的人怕是要说贵，然而一张宣纸凝聚三年时光以及上百匠人的心血，又有谁能说，这张宣纸的价值不值万金呢？宣纸的美不仅在于她的质感，更在于中国文人在宣纸上挥洒肆意放纵的王朝。那些墨染华夏的书法名帖、珍贵古画，如果没有宣纸的沧海桑田，又哪来这些文人墨客留下的时代之光？今日，许多中国传统手工制作技艺都在历史长河中渐渐消失，或被冰冷的机器所取代。而手工制作的宣纸，无法替代的是，宣纸中的丰盈世界，承载着中国书画的气韵和意境，展现出古老东方独有的含蓄美。

（摘自光明网 2017 年 7 月 20 日）

致敬最美的劳动者

佚 名

　　节日借势营销一度是各大品牌竞相曝光的热门手段，然而节还是那些节，不多不少，但是，品牌营销人却越来越疲于奔命，马不停蹄追节日，想创意、做海报，等等宣传方式，都从侧面反映出了节日借势营销的"热"与"难"。

　　车水马龙燥热的街头，弯下身，拣路边缝隙垃圾的环卫工人；烈日当头，顾不上擦汗，争分夺秒地为各家各户送餐的小哥；深夜里，路灯下，一个人默默拉下卷帘门的门店销售人员……劳动者这个名词，似乎总因着劳动的名义而被赋予了更多的不易与敬意，给人们留下尊重但略显沉重的印象。2017 年五一，苏宁易购却在众多借势营销案例中剑走偏锋，脱颖而出，吸引了大家的注意。

　　在五六个不眠之夜，十几杯咖啡，七八个黑眼圈和被"毙"掉了无数版的传播方案后，"为什么劳动节一定要颂扬辛苦？为什么不可以把梦想、热情、时尚美丽这些标签赋予劳动者？"于是乎，一组以"劳动的名义，发现劳动的美"为主题的营销方案在五一刷爆微博和朋友圈。

小人物也有大梦想

为供弟妹读书，高中没毕业就来到了北京，做起了苏宁易购配送员的刘志强，并没有在北漂打拼中抱怨着不公，反而在工作之余，重新捡起对摄影的爱好，用扛起 200 斤冰箱的肩膀，举起了相机，捕捉生活的微小与瞬间。

小时候，不爱学习，只爱拆东西的淘气包杨行行，现在成了一名资深"蜘蛛侠"。1993 年出生的双鱼座男孩，在空调维修领域已小有名气，现在的他爱好还是拆东西，不过，现在的"拆"，是为了更好的"装"，多了一份手艺人独有的专注。

闲不住的 90 后大男孩韩涛，最喜欢滑滑板，热情开朗的他，在送快递的同时和片区的老顾客们都成了朋友，自己从没做过饭，却记下了崴脚的张大妈家喜欢吃芹菜、萝卜和南瓜，送快递还兼职买菜。

邻家小妹模样的苏宁易购 V 购服务员李端，"人小鬼大"，不仅懂得多少尺寸的厨房，安装什么型号的烟灶，怎么用一万块钱买上一整套品质家电，还走遍了新马泰的海边河边，日韩拐角小店，将自己活成了生活的女王。

他们都是我们身边最普通的劳动者，却又都有着朝气蓬勃对生活的追求和梦想。认真工作的样子，热爱生活的样子，张张画面传递出了阳光的正能量，也因着这份最贴近我们自己的感动直击心底的震撼。

真实的力量

苏宁易购这组"以劳动的名义"为主题的宣传作品，在网络上传播，受到了网友们的好评，甚至中国经济网、北京晨报等主流媒体也都纷纷评论报道，这不仅仅是画面本身的能量，更是画面背后，每一个人物真实故事带来的力量。

门店销售员、快递员、维修师傅，他们都是家门口那个熟悉的普通人，又不是那个我们都认识的普通人。每一个人物性格鲜活、形象鲜明，同而不同，这也才是劳动者们最该有的样子。

在工作中，他们是专业的化身，是标准的执行者，是服务者；在生活中，他是那个90后童心未泯的孩子，是那个抓住一切可能去旅行的任性姑娘，也是那个懂得知足感恩，用镜头定格美好的暖男，也是将自己的爱好变成了职业，并且做得不错的手艺人。

这组大片，衔接上了每一个人物背后的故事，还原了一个劳动者的真实形象，正如我们不需要完美的领袖，我们也不需要24小时扑在工作上的一线机械劳模。

工作时对顾客认真负责，生活中对自己也负责的劳动者，才是最真实、最打动人的。

不像千禧跨年的励志鸡汤，不似情人节的花式"虐狗"秘籍，也不是愚人节的脑洞自娱，苏宁这次在劳动节档期推出的，可谓是营销界的"泥石流"，多面地还原了真实的劳动者，发现了劳动的另一种美丽。

（摘自搜狐网 2017 年 5 月 1 日）

校长的耳朵

唐小为

　　最近，在重庆北碚一所小学听课时遇到一件事。那节课讨论小学科学课本上一道思考题：北京和乌鲁木齐两个城市哪个先迎来黎明？

　　孩子们转动地球仪，纷纷说出自己的答案。两三通发言之后，一个穿灰夹克的孩子举手说了一段有些含混的话："我觉得每一个地方都是先迎来黎明的。（地球）每转到一边的时候，另外一边就不是（向着）太阳了，而另外一边转过来它又变成向着太阳了。它又成了第一个。又转一回后，反方向那边又迎来了。最开始它是第一次，这回也是第一次。每一个都最先迎来黎明。"

　　这孩子说得很快，跟绕口令似的。他的"绕口令"没有得到老师的任何回应。他刚说完老师就叫了另一个学生回答。

　　当然，多数学生的答案一致而正确：北京先迎来黎明。

　　后来老师把讨论扩展为北京和纽约哪个城市先迎来黎明？学生们忽然开始举

棋不定了，在他们手中的问题单上，有的答了北京，又改为纽约；有的答了纽约，又涂改为北京……

使我感动的事发生在教师们的评课活动中。在同事们称赞和提建议后，上课的老师自评说，学生基本懂了，但也还是有个别糊涂的学生，比如说"每一个都最先迎来黎明"的那个。

校长就是在这时接话的。

"这个孩子已经超越了这节课的教学目标，可以说他的发言是这节课最精彩的发言。他的发言正好可以解释后来同学们在北京和纽约之间摇摆不定的状态。大家后来的犹豫，他在讨论一开始就预感到了。他已经认识到了循环，认识到了周而复始，这边是白天那边是晚上，那边是白天这边是晚上，这边再到了白天，那边又是晚上，那凭什么说谁先谁后呢？他已经站在空间（太空）看问题了。"

40岁的校长对这位上示范课的教师叮嘱道："听孩子们说话，是你要学的。"

那一瞬间我有给他鼓掌的冲动！这个校长的发言和我听过的所有评课都不一样。他不说你的导语写得如何，你的探究活动设计得如何，与教学目标结合得怎样，你的课结构是否达标等等，却旗帜鲜明地把一个老师没有理会的发言、一个与本堂课的教学目标（地球自转是由东向西还是由西向东）脱离的发言直接判定为"这节课最精彩的发言"，好像拨开水藻，露出了一眼小活泉。

按紧紧围绕本课教学目标的要求，教师忽略这个"最精彩发言"无可厚非。自然不能说她素质差得不知道"循环"，没有让想象升上太空看地球太阳关系的能力。她忽略这个发言，从心理学上说属于"非注意力盲听"，她的注意力当时高度集中于本课教学目标，关闭了与地球自转方向关系不大的所有信息接收器。本课教学目标像一个强声源，背景的其他声音此刻于她都是"杂音"，都须屏蔽掉。就算她听到了，这个互动枝节也要及时掐掉，以免影响强声响亮地发扬。试想她若在家里听到儿子说了同样的内容，未必就认为是糊涂，可能还会认为孩子有了一些朦胧的"太空"意识呢。

是啊，毕竟经度不像纬度有一个天然的0点——赤道，划分经度的本初子午线到底是人们商量投票选出来的。迎来黎明的先后，是受这条假定线规定的——而这个孩子对此还并不知情。他感觉既然没有一条统一的起跑线或终点线，就判定谁先谁后未免不公道。他在想象中升到宇宙上空，分明看到这个旋转的小篮球上每一处都有自己最先迎来黎明的时间。

听课的校长注意到孩子心里这个小小的波动，理解了孩子为何明知老师在上示范课，明知有一帮子人在听课，明知大家在谈与地球自转方向相关的问题，却偏偏不合时宜地出来宣称迎接黎明不分早晚，跟教科书抬杠，在全班合唱中发一个不和谐音。教室上方不是挂出了"科学探究式教学实验课"的大红横幅吗？

我如果是那位女教师，一定要赶快把校长的评价告诉这个孩子，也告诉所有的学生。焉知我的学生中那些善于科学想象的种子不会因为这一瓢甘霖破土生根，长成能做科学栋梁的"好大一棵树"？我要是那位女教师，也要苦苦修炼出一对校长这样的耳朵，并且要在无论哪节课上都记得用心筛选那些有价值的"杂音"，不糟蹋学生超越了本节课目标的"真懂"信号。

我国《科学课程标准》将科学探究作为主要学习内容与学习方式，列于"内容标准"之首，真意应该就在于此！把教学目标仅仅理解为科学课堂上的探究式套路设计，理解为一个教学竞赛的评课指标，理解为完美实现每节课的教学任务，甚至仅仅理解为每学期一位教师一次两次的"示范课"赛课活动，实在是窄了。

我仿佛又坐在当年科学教育的课堂上。

我的导师组长戴维，一位瘦瘦的，戴着眼镜的犹太裔教授，美国科学教育的重量级人物，正举起一根手指，笑眯眯地、第一万零一次地重复他最心爱的名言——"教学的目标是理解学生想法的本质！"

（摘自《文汇报》2012 年 7 月 27 日）

教育，就是留着灯、留着门
林少华

　　武汉一位高三男生来访。他明显不同于一般来访的客人——完全像在高中课堂听课那样在我面前正襟危坐，神情谦卑而肃然，眼睛像看黑板一样看着我，耳朵肯定是在小心捕捉我的每一句话。换个比喻，仿佛我就是面试的考官，或即将宣布重大人事任免事项的组织部长。问题是我既不是考官，更不是组织部长——两分钟前我还在书房里闷头爬格子，衣冠不整，满眼血丝，纯然一副困兽犹斗状——于是我把脸转向他的母亲。

　　他母亲告诉我，儿子看了我对他网上留言的回复后深受鼓舞，大有长进。细问之下，原来半年前我曾引用北大法学院苏力教授《走不出的风景——大学里的致辞，以及修辞》那本书中这样几句话来鼓励这位高中生："我们会在这里长久守候。即使夜深了，也会给你留着灯、留着门——只是，你得是有出息的孩子。而且，我们相信，你是有出息的孩子！你们会是有出息的孩子！"他母亲兴奋地介绍说，儿子的学习成绩因此在武汉一所重点高中迅速跃居前列。于是儿子奔"灯"来了——参加我校自主招生考试。这次来访，是为了就此向我表示感谢。

送走这对武汉母子，心情一时难以平静，我未能接着爬格子，思绪仍围着"灯"转来转去。是的，关于学校教育和教师的种种说法，半年多来我只记住了苏力这几句话。的确说得好，质朴、简单，而又独具一格、别有韵味，如父母的叮咛，情深意切、苦口婆心。作为大体程序化、官腔化的毕业典礼上的致辞，难得听到这样的表达、这样的修辞，何况出自一位法学院教授兼院长之口。我想任何人听了，心里都会受到类似的触动。

但对我来说，此外还有相当个人化的原因——它让我想起了那首古诗："日暮苍山远，天寒白屋贫。柴门闻犬吠，风雪夜归人。"别人如何我不晓得，反正我觉得这首诗里必须有灯，也一定有灯：一灯如豆——荒山僻野，风雪弥漫，贫家寒舍，一灯如豆。而那恰恰是我小时候家境和生活的写照：五户人家的小山村，五座小茅屋在风雪中趴在三面荒山坡上瑟瑟发抖。一个少年背着书包朝左侧西山坡亮着微弱煤油灯光的茅屋匆匆赶去。那条瘪着肚子的狗叫了，门吱的一声开了……那个少年就是我，就是从八九里路远的学校赶回家的我。不管我回来多晚，母亲总为我留着灯、留着门，她相信我是有出息的孩子，一定会是有出息的孩子。

多年后我大学毕业去了遥远的广州。时值"文革"结束前后，即使毗邻港澳的广州也破败不堪，二十几个人挤住在一间办公室改成的宿舍，我和其他人又语言不通——他们都讲广东话，加之工作不如意，整天在一间小资料室里和几位大姐翻译港口技术资料，而更多的时间是听她们情绪激动地数落某男某女的一大堆不是……这算怎样的工作、怎样的生活呢？难道我就这样终了此生？就在我四顾苍茫、求告无门的时候，一扇门开了，一盏灯亮了——一位六十五岁的老教授在我研究生面试成绩不理想而其他考官们面露难色之际，断然表示："这个人我要定了！"不用说，他相信我是有出息的孩子，一定会是有出息的孩子。是他在那里长久守候，为我留着灯、留着门……

现在，是我为孩子们留着灯、留着门的时候了，为了那些在日暮风雪中背着书包孤零零赶路的少年,为了在迷途中左顾右盼一时不知所措的男生女生。这对我来说谈不上有多么高尚,只不过是把我过去得到的拿出一点点罢了。如果说是爱心,有爱心的老师也绝不仅仅就我一个。记得寒假前在新校区等校车的时候,社科部一位女老师招呼我:"林老师,你看我的学生写得多好啊!"说着她叫我看她的学生刚刚交上来的社会调查报告,"喏,你看,这个男生写他调查流动商贩,同情他们生计的艰难;这个女生写她在乡下见到的留守儿童,想去那里支教……喏,你看这字、这句子写得多漂亮啊!多好的孩子啊……"她的声音是那么兴奋和自豪,脸上的表情是那么生动和纯真。

还有,因为女儿的关系,我得知一位小学语文老师。看她的博客,分明感受得到她为差生变好是多么高兴,为班上小调皮鬼的恶作剧又是多么焦虑。相比之下,我不过是把"留着灯、留着门"输入电脑,而在她们那里,更多时候是一言一行本身。

记得夏丏尊说过:"没有爱的教育,犹如没有水的湖。"换言之,教育就是爱,就是在这里长久守候,并且留着灯、留着门。

(摘自《读者》2012 年第 16 期)

让"劳动者"梦想成真

何鼎鼎

拥抱知识、技能和创新，是中国人口红利从"数量型"向"质量型"转型的必由之路，也是每一个个体放大人生价值的关键砝码。

劳动还光荣吗？劳动还能致富吗？这些略显宏大的命题，近来却屡屡引起人们尤其是年轻人的讨论。在网络上，有位经济学家曾抛出一条"毁三观"的结论：劳动致不了富。迅速遭到众多网友从事实到逻辑、从学理到情理的全方位反驳。事实证明，靠双手实现梦想、用劳动创造价值，既是人之为人的朴素道理，也是社会发展的根本规律，更是我们时代深植于每个劳动者内心深处的真诚信仰。

尊重劳动，尊重劳动者，是事关社会根基的大命题。亚当·斯密在《国富论》开篇即提出主张，劳动是国民财富的源泉；马克思的劳动价值理论更进一步提炼了劳动的意义；因为历来重视勤劳致富、信奉劳动创造价值，中国的变革甚至被外媒称为"勤劳革命"。回溯历史，从"铁人精神"到"红旗渠精神"再到"载人航天精神"，正是劳动者手不停歇、抓铁有痕地实干，才成就了今天的辉煌中国。不可否认，社会上一度对劳动的价值有所怀疑，但时至今日，当蓝领工种薪酬普遍提升，一些企业的大工匠年薪甚至高达百万，劳动价值在回归。

今天，劳动者的内涵被前所未有地拓展。网络主播、职业电竞选手、健身私教、梦想规划师……这些之前很少见的工种被创造出来，同时也催生了这个时代新的"人生赢家"。重庆朝天门的"棒棒军"谢幕了，纯粹作体力要求的工作越来越少，呼唤创造力的行业在急剧扩张。随着新发展理念的激荡、供给侧结构性改革的持续推进，细化的分工，既在拓宽劳动者内涵，也在敦促劳动精度的提升。同样加工一个零件，精度99%是工匠，精度99.99%就成了令人仰视的大国工匠。劳动不仅没有过时，其市场价值还将进一步凸显。

正因为知识与劳动已如卯榫般紧扣，我们重申勤勉的意义，更要强调知识的分量。在知识经济风口起飞的创业者，"臂非加长也""声非加疾也"，是知识提供了杠杆。这是一种风向，更是一种取向：强调埋头苦干不等于一味蛮干，新三百六十行，哪一行都离不开创新。拥抱知识、技能和创新，是中国人口红利从"数量型"向"质量型"转型的必由之路，也是每一个个体放大人生价值的关键砝码。正所谓技多不压身、不看学历看能力，新时代这杆秤，比任何时候都掂得出一个人的真正分量。

让劳动者梦想成真，勤劳勇敢者最需要的是更加公平的就业环境、更多人生出彩的机会。30多年前，正是城乡间闸门的打开，让束缚在土地上的手脚一下子伸展开，让中国的生产力有了质的飞跃。今天，当户籍改革继续推进，市场机会持续增加，更多人有机会跻身成才成功的大门。但这条大路仍需要进一步拓宽。从金融浇灌"三农"到孵化创业项目，从强化职业培训到提供职业规划辅导，从增进劳动权益保障到消除就业歧视，当每一个最初的梦想被善待，勤勉劳动自然会成为一种信仰。

"采得百花成蜜后，为谁辛苦为谁甜？"从制度运行的视角看，确保采花的蜂吃到最甜的蜜，甚至比鼓励"蚕吐丝、蜂酿蜜"更为重要，这就需要进一步完善分配制度。坚持按劳分配原则，完善按要素分配的体制机制，"坚持在经济增长的同时实现居民收入同步增长、在劳动生产率提高的同时实现劳动报酬同步提高"，改革发展的成果才能被劳动者共享。当所有勤劳守法者都能致富，做大中等收入群体水到渠成，劳动的价值不言自明。

"民生在勤，勤则不匮。"决胜全面建成小康社会，进而全面建设富强民主文明和谐美丽的社会主义现代化强国，根本上靠劳动、靠劳动者。幸福不会从天而降，但劳动可以让梦想成真。

（摘自人民网 2017 年 11 月 24 日）

无边界社会，我们该怎样学习与创新

冯 仑

最近几年，手机几乎成为我们的新"器官"，每天都为我们呈现太多资讯。我总想把它扔掉，但是无意中又把它捡起来看一眼。

大脑每天被无数的资讯充斥和干扰的时候，我在想，我们究竟发生了什么变化？这个社会究竟成了什么样？背后到底有什么被我们忽视的逻辑？

我想我们进入了一个"无边界社会"，很多事物之间的边界正在逐步地被打破。比如汽车出行，原来很多公司会养一些司机，现在不用自己操心了，司机们会自己管好自己，因为所有汽车都既是自己的，也是别人的。

房子也是这样，因为有了各种共享平台，你可以把任何一间别人家闲置的卧室，变成你玩浪漫的地方。你可以用别人闲置的物品，满足自己的需求。我们之前买房子时，最看重的就是独立的产权属性，现在发现，其实这个属性也没那么重要了。

再看一下我们自身，年龄的边界正在被打破。原来说 70 岁是人生的一个边界，活到 70 岁就算捡着了；现在，活到 80 岁、90 岁的人都觉得没有活够，有人还想永生。永生是什么？就是没有边界的寿命。

那么，我们的无边界社会到底是什么样的？

第一个特征，个人财产权的私有属性越来越弱化，取而代之的是共有与共享。这里的"共有"是模糊的共有，并不是法律意义上"清楚的共有"。比如，共享经济让汽车和房子在使用层面上变成共有之物。

人们正在逐渐放弃"一定要变成自己的"这种传统思维。把这件事情变成大家的，这是未来很重要的一个趋势，就是个人所有的东西越来越少，而共同虚拟拥有的东西越来越多。

第二个特征，所有要素的流动频率越来越快，成本越来越低。这样带来的创新就越来越随机，同时创新的频率也越来越高。

拿"钱"这个要素举例子。钱存入银行叫作储蓄，而现在用钱来做众筹，钱就变成了资本。因为流动和转化的速度变快了，钱在储蓄和资本之间的边界也就慢慢消失了。当各种要素的流动越来越快的时候，它的属性就越来越容易发生变化，随之就会带动很多意外的组合产生，引发很多新的机会和创新点。

人这个要素的流动也很快。三四十年前人口的流动非常困难，1977 年我参加高考的时候，要是没有熟人的话，都不敢来北京，而且没有介绍信也不能来北京，即便到了北京，那时候都不知道去哪儿住。今天，任何一个人想去北京，掏出手机订张高铁票，订个外卖，然后再订个电影票或房间，整个过程不用求任何人，也不用他多托熟人写封介绍信再来北京。每个人一生中打交道的人成千上万，每个人的创造力都可能激发出一个新的商业机会。

第三个特征，无边界社会中的组织变得越来越开放，越来越有弹性。现在有很多众创空间，里面的人娱乐和工作没有边界，上班可以坐着、躺着，姿势自选，做起事情来也很自由，甚至看起来像是什么也没干，不像传统观念里的按部就班。所有这些都使得组织变得越来越开放，越来越有弹性，越来越有温度，越来越多样化，这是无边界社会带给我们的组织特点。

最后一个特征，无边界社会使我们的价值观出现两极分化。一方面是达成共识的速度变快了，因为信息流动的速度在加快，所以意见交换的速度也在加快；另一方面，极端和小众的认知、观念也迅速集合，并逐步形成社会中的独特力量。过去我们经常忽略小众的、不那么主流的观念，但无边界社会的信息流成本降低，人的认知可以在短时间内聚集起小众人群，形成一股创新的社会力量。

那么，在无边界社会中，我们又该怎么学习、怎么创新呢？哪些是可以不学的，哪些是不得不学的？

在信息爆炸、知识获取成本较低的今天，我认为有三件事不得不学习。首先，我们可以将知识类产品分为三大类：一类是即时性的，比如新闻，天天都有，可以作为背景知识浏览；第二类是工具类的，比如《新华字典》，几乎每家都有一本，购买时很积极，但是使用频率并不高；第三类就是有态度的内容，持久性较好。

我每天学什么内容呢？简而言之，即时性的知识简单看看，工具类的知识偶尔听听，有态度的内容是我的偏好，我愿意好好学。

如果只掌握了很多工具性的内容，那么你和别人还是一样的。这就是为什么很多上名校的人最后都是学技能的人，或是打工的人，而那些看似不正经的人最后却变成了老板。因为一个人对事情的看法，最终令其分出了高低。

所以，在不得不学习的三件事中，第一件就是学习有助于价值观养成的内容。任何时候，价值观的养成都很重要，无边界社会中尤其重要。这件事情决定你能跟谁在一起，也决定你能走多远。

第二件事情就是学习经典作品，这决定了一个人的文化基因。中国人一生当中要反复读经典，如四大名著。

第三件事情是要锻炼我们的创造性。凡是有助于自我观察、自我审视、自我提升的内容都是很重要的，它驱使你成为不一样的人。

所以，在无边界社会中，最重要的是要不断地提升自己的价值观、学习力与创造力，这样才有实现创新的机会和能力。无边界社会中，真正的创新点和爆发点，往往在那些边界被打破的地方，如果你能把过去封闭的组织形式、业务范围和思维模式打破，打破得越快、越有力，就越有机会成为创新的引领者。

现在流行的共享单车，紧随着"滴滴"打破了交通出行封闭的循环状态，不到两年就把这种交通工具普及到了社会的各个角落，创造了共享单车的奇迹。共享经济的发展，最根本的驱动力就在于打破边界，创造出更大的要素流动空间，以及创造性发展的舞台。

在未来，我们也将获得更多的自由——出行的自由、居住的自由、思想交流的自由、人与人在一起相处的自由。这些自由都是我们创造力的源泉，也是未来新经济发展的持久驱动力，更是无边界社会最为宝贵和最吸引人的地方。

(摘自《新华日报》2017 年 8 月 18 日)

再不创业就老了

钱丽娜

2017 年 2 月 16 日，百度宣布全资收购涂鸦科技有限责任公司，90 后创始人吕骋携团队正式加盟百度，并出任百度智能家居硬件总经理，向百度集团总裁和首席运营官陆奇汇报。陆奇将此次收购评价为百度引领人工智能未来发展的重要一步，对于奠定百度智能交互平台的优势及打造软硬件一体化的核心竞争力有着非常重要的意义。

主人公吕骋

1990 年出生，2014 年创立涂鸦科技，成为全球顶级的创业孵化器 Y Combinator W15 唯一的中国大陆团队，专注于研究人机交互、人工智能。2016 年入选《福布斯》30 位 30 岁以下亚洲人物榜。稚气未消，却说自己"老"了，需要去探索 95 后一代的行为方式。

2015 年 8 月，一位程序员收到涂鸦科技发来的邀请函，受邀参加 Project Flow 发布会。和邀请函一起送到的是一只需要动手组装的黑色亚克力涂鸦模型。

这是年轻一代的创业者开启产品封印的模式，从第一个接触点开始，就让你感受什么叫完美。现在产品已经过了满足基本功能需求的时代，所有的体验都需要用审美和科技重新定义。

吕骋出生于 1990 年，恰好是标志性时代的开启。他的成长是标准的 90 后精英的成长模式。父母是大学教授，独子，高中交换到新加坡上学，在英国利物浦大学学习金融数学，最后一年翘课去伦敦艺术大学混艺术圈。大三时做了第一个创业项目 timeet，通过用户时间匹配找出共同的空余时间，玩火了英国大学的线下社交。

吕骋的一代是乔布斯、马斯克的硅谷精神与安迪·沃霍尔、罗伊·利希滕斯坦的艺术创想的混合体。且不说产品怎么玩，就是治理公司的方法，也彻底颠覆了父辈留下的教科书，也许有一天，他会走上讲台，告诉曾经的企业管理者们，什么才是打开未来世界大门的正确姿势。

来句老套的"自古英雄出少年"，1990 年出生的吕骋觉得自己都老了，面对开始进入公司工作实习的 95 后，他说两三年就是一代。

2014 年，涂鸦入选微软创投加速器第五期，是因为一款极度简洁的人机交互软件"Flow"。同年，Flow IOS 版上线。爱听歌的年轻人随便按住手机的任何一个地方，报出歌名或是歌手，就会自动跳出歌曲，哪怕你说"随便来一首"，软件也会根据你平时听歌的喜好或是同龄群体的评价给你"随便来一首"。上线仅仅一年，乐流下载量就达到 300 万人次，这是吕骋初试人工智能和人机交互。在此基础上，吕骋要开启一个真正的颠覆性的大门，让"随便"可以应用到一切年轻人热衷的生活场景，比如打车、导航、吃饭、社交，那便是 Flow 要完成的使命。

性感的管理与性感的产品

　　面对 95 后一代，甚至 00 后一代的用户，这个"随便"可一点不"随便"。吕骋代表的 1995 以前出生的一代已经习惯于"手机三步曲"，比如约人吃饭时，先微信约，再上点评找餐馆，出门时开启导航模式，分属三个软件。而 95 后一代是"二次元"的思维，在《钢铁侠》《美国队长》《海贼王》等各种魔幻、奇幻电影的影响下成长，在 AB 站、斗鱼上相互"勾搭"，厌倦一切按部就班的复杂操作模式，连 3D 电影都想唾弃，相信一切皆有可能。"我们在做探索时发现，95 后一代对效率的要求更为严苛。他们要找个东西，希望可以省劲到在手机上摩擦一下，或者说声'我不开心''附近有什么好吃的'，想要的服务就能一步到位。"

　　于是吕骋需要持续不懈地追求"性感"。"性感"不是庸俗的胸大腿长，而是一种魅力。就像在心理学中，孩子们希望引起老师注意时通常会采取两种办法，一是做尖子生，二是做差生。做尖子生太累，需要基因加勤奋，做差生很容易，但也很心酸。吕骋想要的是尖子生的"魅力"，但"魅力"的表述方式实在太古板，就像站在演讲台上，有魅力的人穿的是西装加领带，"性感"的人穿着黑 T 加牛仔，95 后的人群直接拉黑前者。

　　性感的产品肯定要诞生在懂得性感的人群中。吕骋将公司定义成一个学术机构，称之为"institution"。"老一代人在一家传统的企业中工作，几十年都不会改变，而现在这样的环境已经不多见了，大家是为了共同的兴趣做事。"涂鸦就像个平台，配备最好的设备，敞开大门等着各路奇才怪才。来这里工作的是全球化的人才，有俄罗斯工程师，也有从小在迪拜长大的设计小天才，他们也与独立艺术家合作，这里还成为各个名校实习生的实习场。最让实习生们不可思议的，居然也能给他们配一台专属的苹果笔记本电脑。

　　说实在的，"性感"需要美学功底支撑，再说得直白一些，你得懂世界上顶级的奢侈品长什么样。"没摸过保时捷，上下班只坐地铁的团队做得出柯尼赛格跑车吗？"吕骋说，"把东西做成艺术品不是政治宣言，品质背后都是赤裸裸的投入，包括时间、金钱、人力的投入。"

为此吕骋会把团队召集起来开会，站着一起探讨世界奢侈品表的表针设计，或者鉴赏艺术大师的绘画作品，赏析音乐。这是开会，又不是开会，只是为了激发灵感而已，就像他从来不会要求员工加班，他只要结果。而为了结果，这些平均年龄只有 25.7 岁的员工会自愿加班，那是因为"我乐意!"

他请内部设计师把公司接待室改成画廊，定期更新，员工一进门就能看到，与公司办公所在的侨福芳草地艺术展相映成趣。为了美感，涂鸦在搬进现在的顶级写字楼时，不惜把原有的装修全部敲掉，请伦敦艺术大学的朋友重新来做室内设计，可谓"不性感毋宁死"。

做未来一代的规则制定者

"年轻"和"颠覆"搅和在一起，就是未来。搅和出来的"未来"长什么样，会不会从众人眼中的怪物开始？"鼠标出来时大家觉得是怪物，也许未来就像'钢铁侠'和他的助手在做的事。"

世界很奇妙，往往是上一代人定义下一代人的行为喜好。比尔·盖茨老了，乔布斯也已作古，他们曾经是世界规则的制定者，那时世界的钟摆还很慢，这些老人可以主导比他们小三四十岁，甚至四五十岁的用户的使用方式。吕骋才 26 岁，他没想那么远，但他认为 95 后与 00 后一代的游戏规则应该是由 90 后一代来定义的。

95 后一代除了对使用效率提出苛刻的要求，对审美的要求也是增长迅速。前段时间风光无限的手机品牌后劲不足，在吕骋看来，当初的成功只是满足了消费者的基本需求，但是现在更多的购买力放在品质和设计上，"说穿了，年轻人要买的是品味，但品牌给的是性价比，两者错配了。"靠省吃俭用起家的创始人若是把省吃俭用的简陋风设计带给消费者，这一代年轻人已经不买账了，这也正是吕骋为什么会关注顶级奢侈品和经典艺术，并且对员工的需求从不吝啬的原因。

　　在未来的技术发展中，吕骋最为关注的是 VR 和 AR 技术的发展。"我会质疑生活的这个地球是否真实，我们是否本身就生活在虚拟中。"这是他长期以来思考的问题，也将会在未来一段时间去探索，"不能从商业或是经济的意义去探索，以我为代表的年轻人接下来会遇到的问题是，这个世界变化的速度超出了我们想象的速度。"

　　但是，就像吕骋在 Project Flow 发布会结束时所说的，"我盲目地相信，颠覆者永远都是 20 岁的年轻人。"

（摘自《中国青年报》2014 年 12 月 11 日）

在寒冬中高歌的 90 后创业者

蒋 柯

这是安妮和红杉资本初次会面的谈话。

红杉：快看数据怎么样?

安妮：现在 100 多万用户。

红杉：这个数据还可以，做了多久?

安妮：三天。

红杉：……

2002 年，10 岁的陈安妮喜欢画画，被打击成为漫画家的几率只有 1%。

2013 年，安妮将原创漫画发布在微博获得千万粉丝。

2014 年，安妮打算开一家漫画公司，被打击创业成功的几率只有 1%。

2017 年，安妮创立的快看漫画收获近一亿用户，三轮融资共 3.7 亿，估值超

15 亿。

快看世界的 CEO 陈安妮

1%的生活已经被安妮牢牢抓在手中，那篇《对不起，我只要1%的生活》的漫画也曾感动和激励了无数人，而我就是其中一个。从来未想过会和安妮有任何的交集，但是命运的因缘际会还是让我们因为这次采访遇见彼此。

和我想象中并不同，安妮一套优雅的职业装显示出她这个年纪少有的干练气质。那个在创业中屡屡受挫的安妮已经成为过去式，1992年出生的她如今已经是超15亿估值的快看漫画的CEO，一个成熟稳重，掌控大局的创业者。

但是安妮人生阶段性的成功并非偶然。

漫画作者"伟大的安妮"如何获得千万粉丝喜爱？

大二那年安妮听了漫画家杨笑汝的讲座后鼓起勇气进行漫画创作。她经常将自己关在屋子里，把大学里那些糗事和小感慨都用漫画表现得淋漓尽致，她儿时的梦想重新被点燃。

她曾以"伟大的安妮"为名在微博连载其原创漫画作品，意外获得千万粉丝的喜爱和关注，漫画作者一度成为她的标签。

但爱好广泛的安妮从小受家庭熏陶对艺术和文学很感兴趣，她学过7年书法，而且喜欢运动和音乐，大学的时候，她还参加过学校辩论队。这些都体现了她在内容、IP等方面的天赋。

同样是大二那年，安妮和朋友成立M方工作室售卖艺术衍生品，除了物质回报，他们团队还获得广州市第一届创业大赛第一名。

因潮汕鼓励经商，在这种氛围里长大的安妮似乎对商业有着天生的敏感。这一切的一切，都潜移默化影响着她。所以当时大学还没有毕业的安妮就有了一个创业的梦想。

北漂之路困难重重　守得云开见月明

2014年，安妮和一众志同道合的小伙伴毅然决然来到北京筑梦。

选择在北京创业，是安妮经过深思熟虑的。她说北京是目前全国最好的互联网集中地，内容资源、创作者、资本大多都集中在北京，而这些对于她们来说都至关重要。

如今快看员工已达到 100 多人，而最初她们的团队只有寥寥数人。做快看漫画 APP 之前，安妮在周围人的质疑和最初缺乏经验的重重困难中突围，通过孵化漫画阅读产品做到小有成就。

可安妮的创业之路并没有止步于此，她想让那些尚未有名气的漫画作者的作品同样可以被更多人看到。所以快看漫画 APP 以最初便一直受到社会价值的滋养。

她们用 8 个月的时间做出产品雏形，这期间团队在没有技术和产品经理的情况下一边通过漫画赚钱， 边做 APP。

然而在项目尚未成熟的情况下，因安妮团队资金短缺等问题的催化，快看提前破壳而出，所以她们一度因疏忽版权问题而被舆论推上了风口浪尖。

但安妮和这支顽强的团队并没有因此放弃，他们在各种压力中依然选择向着尚不明确的未来大踏步走去。

终于，她们守得云开见月明。

合伙人都是初心相同梦想一致的人

2014 年 12 月，快看用户积累至 100 余万，同时获得 300 万美元 A 轮融资。安妮觉得那个时候快看的团队才算是正式诞生。

现在安妮团队有三个合伙人分别对应管理公司三大模块。Mandy 是最初和安妮一起来到北京的联合创始人，主管市场合作和推广。对于创业这件事，两个人有着高度默契。安妮的优势体现在对公司的战略和规划方面，而 Mandy 的严谨、细致能够很好地将这些决策执行把控到位。

分管内容商务的合伙人是安妮大学的师兄，快看上线后不久安妮就想到了这个人，先是通过网上聊这份事业，电话描述创业的梦想和前景，最终安妮专程飞去深圳说服他加入。彼时他已经在四大会计师事务所有了稳定工作，但是因为安妮所描述的梦想实在太美好，他毅然决然从深圳来到北京，入伙快看漫画开始创业。

分管技术和产品的合伙人是个很具有创业精神的 80 后。安妮起初要做 APP 的时候就在某技术社群里聊了一众技术高手，但是当时这位高手已经拿了另一家较大公司的签约，而安妮也找到了他的替代者，可是事情就在此时发生了戏剧性反转，高手最终决定加入快看，而安妮要面对的是需要跟已经发出签约邀请的另一位解释并处理相关事宜。

安妮告诉我，为了一个优秀的合伙人，再大的困难也要去克服，因为人才最重要。结果证明安妮的选择是对的，这位 CTO 把快看的技术架构搭建得很好，满足了超大量用户使用时所带来的众多技术跳帧，而且他对团队的参与感更强，视野更开阔，综合硬件能力和思辨能力更强。

这就是安妮选人的标准，除去综合素质和内在的一些能力之外，她更看重一个人是否拥有良好的价值观和品质。薪资方面只是留住人才的基础，一个人能不能在平台里最大化地发挥他的价值、是不是有足够的机会去展示他的能力、平台是否有足够的资源去支撑他快速发展自己，这些才是至关重要的。

正是因为有这样几个合伙人，大家之间几乎没有大的分歧，方向很一致。公司内部几乎没有什么等级划分，扁平化的管理。最有趣的是他们编辑团队的名字尽是一些：毛巾、牛奶、饼干等生活常用品，使安妮经常会忘记她们的真实名字。

快看的员工大多是 90 后，而且 90% 都是非漫画行业背景。究其原因主要有两条，其一中国漫画行业的确也刚刚发展，人才奇缺；其二，安妮发现是否有行业背景，并不是跟快看团队融合成为优秀员工的首要因素，而员工自身的条件（情商和智商）以及是否具有创业精神尤其重要，因为行业经验是可以培训的，这些却不可以。所谓员工的创业精神，就是加入一个初创公司的心态，是打工还是希望有更大的想象发展空间。

正如快看公司的愿景：制作出有世界影响力的中国漫画。员工只要有这样的初心，才能够与公司共同成长。

说到这里，安妮也颇为自豪，现在快看不但在国内漫画领域从数据和影响力都绝对领先，同时也在为这个行业培养领军人才。

安妮表示在公司大家很少谈及情怀，更多是研究数据和公司发展，她们是一群抬头大踏步向着未来奔走的群体。安妮在访谈中也屡屡提及整个团队在创业过程中对于她的重要性。公司无论遇到多大危机她们都携手走过，不曾退缩。团队的力量是助推"快看漫画"发展的重要一环。

做出能影响世界的动漫是她的终极目标

漫画的市场很大，但中国的漫画一直缺少有世界级影响力的作品、公司。安妮说，中国的漫画是一个人口结构性的机会催生的。因为现在看漫画的人群主要是 90 后、00 后这群生在互联网时代的年轻人，他们对于漫画的喜爱和感知随着互联网的普及而深入骨髓，甚至成为生活的一部分，而且会越来越细分。

大部分 80 后、90 后开始有了对漫画的认知。哆啦 A 梦、七龙珠等等都是伴随我长大，至今印象深刻的漫画，而时至今日，中国的动漫也出现很多优秀的作品。

中国漫画市场的发展离不开更深一层的年代背景。改革开放之后，我们在国际上和其他国家的联系愈加频繁。日本的漫画在全球无疑是顶尖水平，正因为如此，像宫崎骏等大师的作品才会让我们记忆深刻。

现在的快看从一种自由散漫的状态逐渐过渡到更加专业和职业的创作状态。从漫画的专业程度上来讲的话，安妮觉得我们应该很快能够跟得上世界一流水平的步伐了。

"快看漫画"APP 摒弃传统翻页漫画，采用条漫方式进行轻松阅读。条漫是一种顺应移动互联网发展而生的阅读形式，这本身打破了很多分镜的局限。

特别好的一点是"快看漫画"并没有完全根据数据推荐优秀作品，她们同样会推荐一些质量很好但数据并不好的作品。安妮一直认为创作是一件自上而下的事情，创作千百年来都是自身想法的表达，它并不完全顺应市场变化。所以安妮个人比较倾向于让作者关注作品本身而不是读者的评论，作者只需要安心创作，市场的因素由快看把控。她们会在大众审美需求的基础之上，慢慢地去培养用户高层次的审美。采用这样的策略，是因为安妮在用一个发展的眼光做内容，这让快看长期的数据更具优势和影响力。

通过快看对漫画人才坚持不懈的培养，安妮希望能早日看到中国有像宫崎骏一样大师级的作品出现，那样她们就算是小小的成功了。是十年？还是二十年？她愿意坚守和等待。

做一家长久的企业，为这个社会创造价值

2017 年 2 月，易观发布《致春晚：谁动了你的奶酪》报告，列出抢走春晚"观众"的 50 个高频、高时长使用的 APP，而快看以日平均 40 分钟的使用时长和酷狗等 App 位列第三。

现在青少年每天在网络上消费娱乐的时间大约是 3 到 4 小时，快看的日使用时长占他们平均一天所有网络消费的四分之一左右，这是一个很惊人的数字。

现如今快看漫画已成功签约 500 余位漫画家，平台连载优质漫画 1000 余部。截至 2017 年 2 月 17 日，快看日活达 937 万、月活达 3062 万，总用户达 8926 万。这让他们足以通过广告、游戏等项目实现收益。

未来 IP 的价值会非常高，但是安妮认为这需要长时间的培养，好的漫画作品需要通过连载积累内容，她也经常告诉作者不要急于将所有 IP 授权出去，要等最合适的机会出现。

快看除了与使徒子等有影响力的作者强强联合，还在打造有潜力的新生作者的作品，如金丘和他的《整容游戏》。快看要努力去做潜能 IP 的发现者、打磨者，实现作者作品、平台与合作方的三方共赢。合伙人 Mandy 说他们不想让美好的东西被淹没，作者通过创作得到回报，这会让他们的创作更富有热情。

安妮就是用这种冷静思考，不浮躁的心态有条不紊地讲述着快看的目标。未

来快看在流量方面会继续扩张，来年会开发 6 部左右的漫画影视作品，因为影视剧排期问题可能会上线两部。除去财务自由的目标，安妮更想做一家长久的，为这个社会创造价值的企业。

2014 年有个爆炸性的新闻，美国"新视野"号到达了冥王星。而安妮有幸拜访了幕后科学家团队，听他们讲述了如何用 14 年时间经历重重困难最终做到这件事。

安妮很是震惊，感慨道无论是科研领域还是商业领域，她们长时间做一件自认为有价值的事情，最初的想法却并不是为了改变世界。在结果出来之前，这 14 年间他们甚至不知道自己做的事情是否正确。他们只是做了自己擅长的事情，尽所能去创造更多价值。

而快看也一样，他们一点点发挥自己价值，梦想创造出世界级的触及人心的作品，甚至能代表中国站到世界舞台，而是否能改变这个行业，需要时间来证明。

安妮表示，现在 90 后和 00 后最大的特点就是多元化，所以会根据这些调查给大家推送不同风格的作品。虽然说快看的目标人群大部分是年轻人，但她们也在尝试引进高年龄层次的人喜欢看的更富有哲思的作品，比如韩国的《照明商店》已经拿到授权上线，很值得一看。

痛苦加思考等于成长

如今快看规模越来越大，安妮的压力也成倍增长，但是她面对这些却很坦然，并说出了一段让人深思的话：

"你的影响力越大面临的社会舆论也会更多，压力一直会有而且它不会变小，重要的是你面对压力的心态会改变。每一个挫折都是上天给你的礼物，痛苦加思考等于成长"。

创业以来无论遇到怎样的坎坷，安妮从来没有想过放弃。她的坚韧和自信离不开对信息的快速吸收和对知识的学习。现在安妮还一直在某家商学院学习，收获颇丰，她像海绵一样不断吸收，更加谦逊地去判断未来的趋势。

安妮认为学习是一个终生的事业，现在这个互联网的时代获取经验和知识会更容易，除去商学院的课程，与优秀的人学习交流亦是有效的学习方式，每个人都有不同的特质值得学习。

关于创业带给安妮的变化，就是对做一家企业的认知。她之前以为只要做好一款产品，就能做好一个企业，后来发现两者并不相同。做产品就像创作，你的创意指挥着这个产品的发展，做企业的核心是如何管理好你的团队。

大家本来很疑惑安妮作为一个追求自由的射手座女孩为什么会选择创业，但看到她对待生活和事业就像一簇热烈的火焰，一旦燃烧便所向披靡的态度后恍然明白，创业只是她另外一种追求自由的方式而已。

安妮非常喜欢 keep 的广告语："自律给我自由。"自由可能意味着你会背负更多的压力和责任，就像你想追逐的一个遥远的目标。

"100 万用户做了多久?" "三天"

也许正是这样的安妮和快看漫画，才会将投资人打动，而产品数据本身亦是打动沈南鹏至关重要的一点。通过红杉的投资经理引荐，安妮和沈南鹏有了初次会面。

红杉：快看数据怎么样?

安妮：现在 100 多万用户。

红杉：这个数据还可以，做了多久?

安妮：三天。

红杉：……

很戏剧性的画面，当时聊到这里我们的气氛整个高涨了起来。当时的安妮并不知道，三天时间没花一分钱推广而获得了 100 万用户意味着什么，甚至还觉得自己微博 1000 万粉丝为什么没有 900 万转化过来成为用户。我们只知道在跟沈南鹏对话了 20 多分钟后，安妮拿到了人生第一笔投资。

对于资本，安妮觉得这是能让快看漫画迅速拓展用户，占领市场，签约作者的最大助力。所以能用最短的时间搞定融资，她就可以有更多精力打磨产品，规划企业的发展战略。

C 轮融资的领投方天图资本的合伙人邹丽云表示：快看漫画短时间内积累大量用户，在以 90 后和 00 后为核心的人群中拥有广泛的渗透率，更拥有孵化并运营 IP 的机制，这给快看的未来带来无限的想象空间。

连续三轮跟投快看漫画的红杉资本全球执行合伙人沈南鹏表示：中国动漫市场方兴未艾，内容创业创新符合国家政策导向。快看漫画精准市场细分，打破了行业壁垒。这一发展态势是快看漫画获得持续投资的重要原因。

"今日头条"创始人兼 CEO 张一鸣也表示作为快看的早期投资人之一，快看漫画的高速发展离不开团队对优质内容和用户的理解。

创业后的安妮收入并没有之前做"网红"的时候高，但是如她所说：一家企业除了他的商业价值之外，还要有自己的社会使命感。

创业路上少不了义无反顾的支持者

作为安妮多年的好友，Mandy 称赞安妮富有很强的个人魅力，虽然工作中的她遇事果断，充满挑战欲，但安妮的细腻让她对事物本质的洞察更加清晰。Mandy 亦是欣赏生活中谦和、洒脱又重感情的安妮，所以多年来她对安妮不离不弃。

安妮的父母很是为女儿感到骄傲，但是却不清楚她具体在做什么。刚听到融资 2.5 个亿的消息时，父母以为是快看的身价，当她告诉父母公司估值已经超 15 亿的时候，父母满脸都是震惊。

父母虽然对我们的事业不太明白，但他们是一直在背后默默给我们点赞的人。这是朋友和家人多年来给予安妮的力量，更值得一提的是漫画《安妮和王小明》中的男主角。安妮和王小明同学（男朋友）恋情长达 10 年，男友为了更好守护她，毕业后飞奔广州，后来又因安妮创业辗转到北京一路追随。

如今的两个人在各自的领域奋斗着，基本上一周约会一次，用安妮的话说这叫距离产生美。即使是情人节当天安妮也一直在忙碌当中度过，面试候选人聊到晚上 10 点后又参加了创投圈的饭局。

我们曾经采访过的很多创业者都表示，如果你所做的事业是你本身很感兴趣的事情，那你创业的过程会充满愉悦和正能量。安妮很少在晚上 10 点前回家，而她和合伙人 Mandy 在生活中也会很自然的聊到工作，并不会觉得这是额外的压力和负担，他们的工作和生活似乎已经融合。

曾经 90 后这个标签一出现必会引发很多人关注，然而经过时间的推移 90 后现在已经成熟了。安妮不希望自己身上有很重的 90 后标签，她不想别人质疑她的专业和态度，更希望自己的产品和所有企业是站在同一起跑线出发的。

两年多的磨炼已经让安妮从一个漫画作者完美转身成为一个值得尊重的创业者。整场采访结束，安妮热情地和我们在快看前台合影，然后送我们出门。

大量的故事和信息让我在回去的路上一直暗自感慨安妮在我印象中的转变：沉着稳重、谈吐得体、逻辑清晰，完全超越年龄的视野和能力——是漫画作者陈安妮还是创业者陈安妮？无疑后者分量更重。

故天将降大任于斯人也，必先苦其心志，劳其筋骨。安妮曾遇到过很多 20 多岁的女生不能承受的事情，但她终究在自己的坚守中重生。

最终，我问到安妮创业的终极目标，她说希望能做出有世界影响力的中国漫画，而在这个目标实现的过程中，公司上市也好，变成独角兽也罢，其实都是过程的一步而已，而对于这个终极目标，安妮并不着急，她有耐心一直做下去，因为她就是那个爱漫画的陈安妮。

我相信会有更多人和安妮一样等待着中国大师级的漫画作品出现，不管是 10 年，还是 20 年，或是更久……

（摘自搜狐网 2017 年 2 月 21 日）

被总理接见的 90 后创业者

——"兼职猫"创始人王锐旭

快鲤鱼

　　2015 年 1 月 27 日上午，中南海的一间会议室，国务院总理李克强正在主持召开科教文卫人士和基层群众代表的座谈会。与另外 9 位与会代表诸如复旦大学校长许宁生、作家王蒙、篮球明星姚明、演员陈道明等"大咖"相比，90 后大学生创业者代表王锐旭显得非常稚嫩，但他毫不怯场。

　　王锐旭刚刚从广州中医药大学毕业半年，他大三时创立的广州九尾信息科技有限公司已顺利拿下了第二轮天使投资和千万级的 A 轮融资，公司估值过亿元。但少有人想到，如今的年轻 CEO 是曾经的网瘾少年，逆袭后在大学期间学业与事业共赢。从网瘾少年、大学生创业者到总理的座上宾，他的成长历程就是一部"励志小说"。

代表 90 后创业者向总理提建议

王锐旭是来自广东的唯一代表。座谈会上，他是第七位发言者。他结合自身经历对大学生创业提了建议，希望落实大学生创业扶持政策，为大学生创业者创造实现梦想的条件。王锐旭回忆说，总理不仅了解他的创业经历，还鼓励他说"非常欣赏年轻人白手起家"。

王锐旭向大家坦言并没有准备太多文字资料，在现场是脱稿发言，"因为是结合自身创业经历谈，深有体会。不过我为了参加座谈会专门准备了两套西装。"

对于最年轻的与会代表这一身份，王锐旭认为，自己代表的是广州大学生创业者群体，能够被邀请得益于自己 4 年大学 5 次获得奖学金，"兼职猫"创业项目成绩不凡，以及学校、政府各方的助推。

确实，王锐旭有着不一般的"履历"：除了在广州中医药大学期间 5 次获得奖学金，还曾经荣获"中国优秀科普志愿者""千名志愿者"称号，获得首届广州青年创意创业大赛一等奖、"2014 挑战杯"广东省创业实践赛金奖、"粤港澳"移动互联网设计大赛一等奖、校药膳大赛一等奖等 30 多个奖项，并获创新创业训练项目国家、省级立项各一项……他是学业与事业两不误的创业青年典型。

他的创业经历更加非同一般，做的是手机应用 APP，大学读的却是与此毫不搭边的"中药资源与开发"专业。他在创业前做过保安、摆地摊等兼职工作；大二成立魔灯团队为企业进行校园品牌推广；大三时用自己积攒的 7 万元创办九尾信息科技有限公司，组建了一个由 15 人组成的创业团队，主推"兼职猫"，供大学生在上面搜寻各种安全可靠的兼职信息。他曾用一份 8 角钱打印出来的兼职方案，赢得了创业的第一桶金。

被母亲一个巴掌扇醒的网瘾少年

让人万万想不到的是，王锐旭曾是"网瘾少年"。王锐旭出生在汕头，家里经营羊毛生意，开了厂房，他 11 岁就在工厂帮父母"管账"。但在他 16 岁中考前，家里的工厂遭遇变故，欠下巨债倒闭，而此时的王锐旭却因沉迷网络而荒废了学业。当他把 280 分的中考成绩单拿给母亲时，母亲痛心地扇了他一记耳光。

那一记耳光让王锐旭彻底醒悟，他意识到，家里的重担需要他来挑起。

中考落榜，王锐旭提出要接手父亲的工厂，这个想法遭到父亲的强烈反对，王锐旭被送回初中复读。父母也一改以往宽松的教育方式，加强对他学习的监督，为了帮助他戒掉网瘾，特意把他送到附近没有网吧的中学复读。

王锐旭戒掉了网瘾，埋头苦读，第二年考上了汕头华侨中学，高考考上了广州中医药大学。

大一时，王锐旭遇到心仪的女孩，因为谈恋爱，生活费明显不够用，当打电话回家要生活费时，他听出电话那头母亲的失望，家里因破产依旧债台高筑。"我骨子里有潮汕的大男子主义，潜意识里会想到要保护好母亲，不能让母亲为我而伤心"。王锐旭痛下决心，要自己赚钱。

一心找兼职的他却先后遭遇了"交培训费""办 100 元的工卡""交兼职服装费"等五花八门的骗术，被黑中介骗走不少中介费。

正是这些找兼职被骗的"惨痛经历"，催生了王锐旭做"兼职猫"的念头。也正因此，他创办的"兼职猫"非常重视发布信息的真实性。在由共青团广州市委举办的首届广州青年创意创业大赛中，王锐旭的"兼职猫"项目不仅获得创业大赛冠军，还获得了第一笔风险投资。

而今，在王锐旭的带领下，"兼职猫"的用户已有百万，并在前段时间顺利拿下了第二轮天使投资和千万级的 A 轮融资。面对互联网激烈的"同质竞争"问题时，王锐旭自信地说："这样反而会更加激发大家的潜能，把这一领域做得更好。"

他表示，创业是为了赚钱，作为公司 CEO 的他有责任让创业团队过上好生活。如今，他的第一家分公司已落户北京。接下来一年内，北京、上海的分公司将陆续设立。公司人员也将从现在的 47 人，扩充到 200 人。

王锐旭的母亲一直希望儿子日后能考公务员或者继续深造，所以创业的事他一直瞒着父母。直到他参加的创业比赛在电视里播出，恰好被父母看到，父母打电话向他求证，王锐旭这才告诉父母自己的公司已经有几十人规模了。这次，母亲没有反对他，支持了他的选择。

用行动给 90 后贴上新标签

作为一个 90 后，王锐旭没有半点 90 后的特色标签与特征。在同事的眼里，王锐旭如邻家男孩般可爱亲切。他穿着简单得体，面容总是从容淡定，时刻保持着微笑。

"作为从农村走出来的草根 90 后，我很珍惜。"王锐旭用行动给 90 后贴上了新标签：勇敢、坚韧、踏实、拼搏。

创业前期，作为团队 CEO 的王锐旭需要全盘负责推广、运营、公关等事务，"我的工作很杂，哪里需要帮忙就过去帮忙，作为领导者要带领大家"。而今，公司部门职能区分越来越清晰，团队也不断壮大，王锐旭主要负责统筹公司的工作。

王锐旭的一名同事向大家透露，王锐旭非常勤奋刻苦，基本每天从上午 9 点开始工作到晚上 12 点，"好像一个人能做十个人的事，还经常帮忙做其他工作。"

王锐旭在北京时因水土不服身体出现不适现象，但是第二天他依旧坚持上班、出席被邀请的会议。对此，他的解释是："我现在是创业者，就必须学会承担这一身份带来的所有责任。至于工作方面，我有身边的伙伴陪伴着，和他们一起奋斗，这让我感觉很好"。

参加总理的座谈会后，王锐旭人气爆棚，但他工作上基本没什么变化，似乎这几天的事从未发生过。2015 年 1 月 29 日上午，他照常上班；下午，他出现在共青团与人大代表、政协委员面对面暨市政协十二届四次会议提案交流会现场。王锐旭就建设一站式服务孵化基地建议："希望孵化基地能够建设得更具公益性，少一些商业元素，并且提供包括大学生政策申办服务在内的一站式扶持服务。"

　　王锐旭表示，有关创业的活动，被邀请了，他一般都会参加。1 月 27 日上午的座谈会给王锐旭带来了更多的目光，但是对他和他的团队来说，低调做人，高调做事才是始终不变的原则。他一再提醒伙伴们：要继续努力，千万不要骄傲，要踏实地做好产品。

（摘自投资中国网 2015 年 2 月 4 日）

做新时代的弄潮儿

李浩燃

　　人间万事出艰辛。审视当前与过往，最可贵的是奋斗；勾连理想与现实，最可靠的也是奋斗。

　　哲人有言："世界上最快乐的事，莫过于为理想而奋斗。"勇于在时代大潮中顽强拼搏、奋楫争先，无数人用自己的奋斗，讲述了成就不凡业绩、实现人生价值的故事，令人感怀。"樵夫"廖俊波埋头苦干、只争朝夕，为百姓打拼到生命最后一刻；"拼命黄郎"黄大年自我加压、兢兢业业，书写了科技报国的不朽诗篇；老支书黄大发锲而不舍、日拱一卒，绕着山岭绝壁凿出一条"大发渠"……在生命的年轮中，奋斗堪称最绚丽的印记。

　　一个人因奋斗而成长，一支队伍因奋斗而伟岸。长征时期，红军队伍平均年龄不到 25 岁、每百人不足 80 杆枪，"天上每日几十架飞机侦察轰炸，地下几十万大军围追堵截"，却能破封锁、翻雪山、过草地，最大的法宝就是艰苦奋斗。从诞生之初仅有几十名成员，到发展成拥有 8900 多万党员的世界第一大政党，回溯中国共产党近百年的"创业史"，奋斗是始终如一的底色。

接力奋斗彰显不朽精神。艰苦卓绝的革命年代，一批又一批共产党人"为有牺牲多壮志，敢教日月换新天"，因为"杀了我一个，还有后来人"。白手起家的建设时期，焦裕禄誓言"拼上老命大干一场"，以奋斗诠释改变的决心。激流勇进的改革岁月，邓小平同志告诫全党"不干，半点马克思主义都没有"，用实干托举发展这个硬道理。今天，中国特色社会主义进入了新时代，依然需要赓续"领导领着干、干部抢着干、群众跟着干"的好传统，依然需要激扬始终奋进在时代潮头的精气神。

"无端忽作太平梦，放眼昆仑绝顶来。"1902 年，梁启超在小说《新中国未来记》中，憧憬着一个"中国梦"。现在，中国的经济总量已位列世界第二，发展日益呈现"大潮奔涌逐浪高"的壮阔景象。然而我们十分清醒，"北上广"高楼林立、霓虹璀璨，贫困山乡却缺乏点亮黑夜的明灯；高铁线上的"复兴号"动车组疾驰如风，深山峡谷中的村医还需溜索过江……社会主义初级阶段仍是最大国情，发展不平衡不充分是突出短板。新长征路上，还有许多"娄山关""腊子口"等待我们去攻克。面对人民日益增长的美好生活需要，唯有聚力前行，不懈奋斗。

马克思说："一个时代的精神是青年代表的精神，一个时代的性格是青春代表的性格。"1939 年 5 月，毛泽东同志在延安庆贺模范青年大会上发表讲话，标题就是"永久奋斗"。他号召全体共产党员、模范青年要把革命干到底，要有不达目的誓不罢休的气概。青春无边，奋斗以成。迈入新时代的中国，是充满无限可能的"梦工厂"，为绽放青春提供了广阔舞台。"青年最要紧的精神，是要与命运奋斗。"展望未来，中华民族伟大复兴的中国梦，必将在一代代青年的接力奋斗中变为现实。

一代人有一代人的责任，一代人有一代人的担当，新时代呼唤新作为。以永不懈怠的精神状态和一往无前的奋斗姿态，砥砺"千磨万击还坚劲，任尔东西南

北风"的意志，舒展"弄潮儿向涛头立，手把红旗旗不湿"的豪迈，我们一定能
创造属于新时代的新奇迹。

（摘自人民网 2017 年 11 月 7 日）

现在应该说了

——记中国的原子弹科学家

虞 昊　应兴国

1964 年 10 月 16 日，这是一个永载中国史册的日子。当天下午 3 时（北京时间），新疆罗布泊上空的一声巨响，宣布了中国第一颗原子弹爆炸成功。这次相当于几万吨 TNT 炸药威力的核爆炸产生的地震波，绕地球转了好几圈，以至远在万里之外的国际权威——瑞典乌普萨拉大学地震观测台都测到了它的存在。如果从历史的角度去看，这次核爆炸在世界政治、军事格局中引起的震撼，在全球炎黄子孙心灵上引起的震撼，将是永久性的。

先驱者

1930 年，清华大学物理系助教王淦昌考取了公费留学生，来到德国柏林大学深造。在这个世界物理学研究最前沿的大学，王淦昌以他对实验物理学的特殊兴趣和对科研热点的敏锐洞察力，在导师梅特涅的指导下辨识着现代物理学发展的新方向，并于1933年12月取得了博士学位。

1934年4月，王淦昌博士乘船回到了灾难深重的中国，先后在山东大学和浙江大学物理系任教授。王淦昌身在落后的中国，却时刻关注着国际上物理学的重大进展。

1937年，法国巴黎大学镭学院的居里实验室，来了一位中国留学生钱三强。他与王淦昌一样都是清华大学物理系的毕业生。来到巴黎后，钱三强在约里奥—居里夫妇的指导下从事放射性研究。1946—1947年，钱三强与夫人何泽慧发现了铀核的"三分裂。"后来他们还发现了概率更小的"四分裂"现象。他们的这一工作被约里奥—居里夫妇认为是该实验室自二战结束以来最主要的成果之一。

同在清华，比钱三强高一级的彭桓武，是个潇洒倜傥、富有传奇色彩的人物。1938年冬，他来到英国爱丁堡大学理论物理系，投奔鼎鼎大名的玻恩（M.Born）教授做博士研究生。众所周知，玻恩在量子力学的发展中起了奠基性质的作用，并在德国最著名的格廷根大学建立一个学派，使该校物理系成了当时世界上理论物理的研究中心。

彭桓武在玻恩教授的指导下，研究固体理论和量子场论，并在这两个领域中取得了突出的成就，获得了两个博士学位，这在那时的中国留学生中是独一无二的。

在这里还必须提到另一位先驱者，那就是德高望重的赵忠尧先生。他是第一位亲眼看到核爆炸的中国物理学家。1946年6月30日，美国在太平洋小岛比基尼岛上又爆炸了一颗原子弹。距该岛25公里远的"潘敏娜"号驱逐舰上，有应美国政府之邀前来观"战"的英、法、苏、中四个同盟国的代表，其中那位黑头发黄皮肤的中国代表就是物理学家赵忠尧。他一面仔细观看着冉冉升起的蘑菇云，一面将目测现场算出的数据默默牢记在自己的脑海中。这次演习完毕，代表们回到美国。当美国国防部代表在机场欢送盟国参观团回国时，他们发现那个黑头发的中国代表"失踪"了。这是怎么回事？原来，赵忠尧此次出国负有当时中央研究院总干事、物理学家萨本栋托付的重任：尽可能多地了解美国在核物理方面的新进展，并设法购买核物理研究设备，萨在国内设法筹款再给他汇去。

就这样，赵忠尧神秘地"失踪"了。他设法回到加州理工学院，这是他1927—1930年间在美攻读博士学位的地方。他常周旋于原先的老师和同事之间，利用机会在加速器的操作台和零部件上爬来爬去，以获取加速器设计和制造的细节知识。回旋加速器的发明者、诺贝尔物理奖得主劳伦斯敬佩赵忠尧的爱国之心，出重金聘用他，还有意安排他多接触实验设备和有关图纸。萨本栋如期秘密汇来12.5万美元，作为赵忠尧购买实验设备及个人生活物品之用。赵仔细核算一下，订购一台加速器起码要40万美元，还不能拿到出口许可证，因为美国政府严禁此尖端技术出口。因此，唯一的办法是自己回国设计制造，一些国内无法制造的精密部件则在美国秘密定制。从此，赵忠尧成了"临时工"，他经常到几个熟悉的物理实验室去签订"换工协议"，以替实验室完成某些科研项目来换取有关加速器制造的技术资料和零件。每天，他工作平均在16个小时以上，一日三餐多数是开水、面包加咸菜，为的是节省12.5万美元中的每分钱。1950初，中华人民共和国成立的消息传遍了美国。赵忠尧在完成了预定的计划后，准备回国。当年8月29日，他和钱学森夫妇等一起登上美国"威尔逊总统"号轮船，正要启航时，美国联邦调查局特工突然上船搜查。钱学森800多公斤的书籍和笔记本被扣下来,他本人也被说成是"间谍"，被关到特米那岛上。赵忠尧的几十箱东西也遭到翻查。其实，赵忠尧早在一个月前已将其中的重要资料和器材托人带回中国，并把其余的零部件拆散打乱了任意堆放，为的是迷惑搜查官员。尽管如此，当轮船途经日本横滨时，赵忠尧还是被驻日美军最高司令部关进巢鸭监狱。消息一经走漏，立即引起世界舆论的关注，并引起美国国内科学界的质问和抗议。美国政府迫于国内外压力，不得不放行。1950年年底，赵忠尧带着大批加速器资料和关键设备，回到阔别多年的祖国。1955年，赵忠尧用带回的器材和零部件，主持建成了我国第一台加速器，开始开展原子核物理的研究。就在这时，被美国海军次长说成"抵得上五个师"的钱学森也回到了中国。五角大楼忘了估算一下，赵忠尧及其带回中国的技术资料和仪器设备能抵得上多少个师。

第一幕（1949—1959 年）

1949 年 10 月 1 日，中华人民共和国成立了。1950 年，中国科学院近代物理研究所（后改名为原子能研究所）建立，钱三强任所长，王淦昌、彭桓武为副所长。大批有造诣、有理想、有实干精神的科学家，从美、英、法、德等国回国，来到原子能所。只经过十年，该所就发展到 4000 多人，在 20 个学科及其 60 个分支学科上开展研究，成为中国原子能研究的主力军。

1955 年 1 月 15 日，在中南海一间会议室里召开了中共中央书记处扩大会议，专门研究中国原子能发展问题。毛泽东、刘少奇、周恩来、朱德、陈云、邓小平、彭德怀、彭真、李富春、陈毅、聂荣臻等中共最高层领导人围坐在一起，听钱三强、李四光等介绍原子能的情况。新中国的领导人一个一个传着看李四光带来的铀矿标本，对这种看似普通实为重要的石头感到惊奇。

中国研制原子弹关键的一步是在 1957 年夏天迈出的：在二机部下面成立了一个核武器局，对外称"九局"，后来改称"九院"。出任局长的是西藏军区原副司令员兼参谋长李觉少将。他的三位副手是：吴际霖，他原是学化学的；朱光亚，毕业于西南联大，并获得美国密执安大学博士学位；郭英会，他是周总理的科研秘书，在九局负责与各方面的组织协调工作。

随着九局的组建，大批风华正茂的中青年科学家被调到这个研制原子弹的第一线，其中就有被称为"两弹元勋"的邓稼先。

1958 年 8 月，邓稼先被调到九局任理论部主任。新上任的邓稼先到几所名牌大学招募了 28 名新毕业的大学生，开始了他的"战斗"。谁也没有见过原子弹是什么样子的，更不用说搞原子弹的理论设计了。邓稼先办起了"原子理论扫盲班"，他们找来了与此有关的外文原版经典著作，边阅读，边翻译，边油印。就这样，邓稼先和他的"28 宿"很快进入了角色。他们的攻坚战遇到的第一个难题，是验证苏联专家提出的一个关键数字：原子弹爆炸时其中心压力将达到几百万个大气压。他们一周工作 7 天，每天三班制，用手摇计算机和算盘这样的古老计算工具，进行最现代的理论计算。每算一次要花费一个月，而他们总共计算了 9 次！最后，邓稼先他们否定了苏联专家的这个数据，又经过刚刚应召回国的周光召的验算，证明他们的计算是严谨周密、无懈可击的。否定了错误的不等于找到了正确的，邓稼先马不停蹄，又率领一批青年人继续寻找这个神秘的数据。经过艰苦卓绝的繁复计算，他们用百分之九十九的血汗加百分之一的灵感，终于在一天深夜找到了这关系到中国第一颗原子弹成败的关键数据！

"596 工程"

中国研制原子弹的工程叫"596 工程"，这与中苏两国的关系密切相连。从 1953 年 1 月到 1956 年 8 月，中苏两国政府在原子能领域共签订了四个协定。1957 年 10 月，两国政府又签订了"国防新技术协定"，里面列有苏联援助中国研制核武器的条款，主要包括苏联向中国提供原子弹的数学模型和图纸资料。

随着中苏分歧的扩大，苏联决定，提前终止 1957 年 10 月 15 日苏中双方在莫斯科签订的关于国防新技术的协定，中断若干援助项目，不再向中国提供原子弹模型和生产原子弹的技术资料。这种背信弃义的行为激怒了中国人。中共中央马上在 1959 年 7 月作出决定：自己动手，从头摸起，准备用 8 年时间把原子弹造出来。为了记住 1959 年 6 月发生的这些事，中国领导人特意将研制自己的原子弹的工程定名为"596 工程"。

从 1959 年到 1962 年正值中国"三年自然灾害"期间，在这样的极端困难时期要研制原子武器，其困难是可想而知的。当时主持国防科委工作的聂荣臻元帅指出，"靠人家靠不住，也靠不起，党和国家只能把希望寄托在本国科学家身上。" 1961 年春，中央调王淦昌、彭桓武、郭永怀任核武器研究院副院长。三位中国顶尖科学家内心思潮翻滚。王淦昌当时迸出了这样一句话：

"我愿以身许国！"

王淦昌说出了当时参加"596 工程"所有科学家的心声，在这个关系到国家民族命运的严峻时刻，他们责无旁贷挑起了历史的重任。原子弹工程是国家最高机密，参加研制工作的人都必须断绝同国外的一切联系。因此，王淦昌等人从那时起就神秘地"失踪"了，他化名为"王京"。为了中国的原子弹和氢弹，这批高级科学家隐姓埋名十几年，这对他们来说是一种巨大的牺牲。

在中国的高级科学家中，恐怕只有郭永怀一人跟"两弹一箭"都打过交道。他是学空气动力学出身的，从 1941 年起，郭永怀、钱学森、钱伟长、林家翘（后来是美国科学院院士）一起当上了世界空气动力学权威冯·卡门的博士研究生，并且深得导师赏识，都取得了博士学位，在美国航空和火箭界享有盛誉。在钱学森的带动下，郭永怀紧随其后于 1956 年回到祖国。第二年，他就在钱学森任所长的中科院力学研究所任副所长，负责抓"高速空气动力学""爆炸力学"等尖端课题。

王、彭、郭三位大师的到来大大加强了核武器研究院的力量。与此同时，经中共中央总书记邓小平的批准，从全国选调了程开甲、陈能宽等 105 名高、中级科技骨干参加到原子弹的研制工作中来。从 1960 年春天开始，全部由中国人自己组织的，全是中国人参加的原子弹研制的攻坚战开始了。

（摘自《科学画报》1994 年第 10 期）

毕生心血筑"天眼"

——追记 FAST 首席科学家、总工程师南仁东

詹　媛

茂林深处，踽踽而行。算不清楚，这已是南仁东第几次踏入贵州省平塘县人迹罕至的山林了。他一次又一次而来，只为那一个科学梦想。

仰望天空，作为一个天文学家，南仁东非常清楚，无数来自宇宙边际的信号，经历了成千上万光年的漫长路程，也许就在他抬头的这一刻，划过地球。这其中蕴含着揭示宇宙奥秘的线索，南仁东渴望能在中国大地上建造一个科研重器，来捕获这些信号，让祖国在地球上的天文史中再划出浓重的一笔。

来而复去，去而复归，他在贵州省平塘县大窝凼（dàng）的喀斯特洼坑中找到了安置这个重器的理想地貌。此去 20 余年，大国重器"天眼"工程终于完成。

2017 年 10 月 10 日，中科院国家天文台发布了南仁东主持建造的这个科研重器——我国 500 米口径球面射电望远镜（FAST）取得的首批成果。FAST 望远镜探测到数十个优质脉冲星候选体，其中 6 颗通过国际认证。

然而，在这个成果公布之前的 9 月 15 日，身为 FAST 首席科学家、总工程师的南仁东与世长辞。

开启"天眼"激越时代

"等 FAST 望远镜建成之后，我想咱们就能着手开展对脉冲星的系统研究。"生前，南仁东曾对他的学生表露过这样的愿望。南仁东口中的脉冲星，由恒星演化和超新星爆发而产生，具有地面实验室无法实现的极端物理性质，是理想的天体物理实验室，对其进行研究，有希望得到许多重大物理学问题的答案，并有很多应用，譬如，脉冲星的自转周期极其稳定，准确的时钟信号为引力波探测、航天器导航等重大科学及技术应用提供了理想工具。

可耗费了 22 年时间，把一个朴素的想法变成了国之重器，成就了中国在世界上独一无二的项目的南仁东，已从壮年走到暮年，疾病最终夺走了他见证"天眼"捷报的机会。

北京时间 2017 年 9 月 15 日 23 时 23 分，因肺癌突然恶化，抢救无效，南仁东逝世。20 余天后，捷报传来，"天眼"这个中国自主设计制造的射电天文望远镜发现了 6 颗新脉冲星，这在我国尚属于首次。此时，南仁东的生命已结束，这个工程的最主要缔造者，没能等到捷报传来。

他遗憾吗？等不来南仁东的答案了，可与他共同奋斗过的人们在替他回答。

"FAST 将有希望发现更多守时精准的毫秒脉冲星，对脉冲星计时阵探测引力波作出原创贡献。"在发布新成果时，国家天文台研究员、FAST 工程副总工程师李菂对 FAST 的未来进行了展望。"同时进一步验证、优化科学观测模式，继续催生天文发现，力争早日将 FAST 打造成为世界一流水平望远镜设备。"

李菂认为，FAST 在调试初期就能发现脉冲星，得益于卓有成效的早期科学规划和人才、技术储备，初步展示了 FAST 自主创新的科学能力，开启了中国射电波段大科学装置系统产生原创发现的激越时代。"10 年之后，南老师所成之大美

'中国天眼'必将举世皆知。"他说。

在中科院国家天文台研究员陈学雷的眼里，即便没有能等到它产出科学成果的那一天，但"南老师离去的时候心里一定非常清楚，他毕生的事业已经成功了"。

此生尽付于"天眼"

1993年，获悉科学家们在日本东京的国际无线电科学联盟大会上提出，要在全球电波环境继续恶化之前，接收更多来自外太空的信息，建造新一代射电"大望远镜"时，南仁东坐不住了，他不能忍受中国在这一领域再被别人甩下，一定要抓住这个赶超的契机。

他提出："在中国境内建造直径500米、世界最大的单口径射电望远镜。"这是个太大胆的设想，已不仅是一项严密的科学工程，还是一项难度巨大的建设工程，涉及天文学、力学、机械工程、结构工程、电子学、测量与控制工程，甚至岩土工程等各个领域。

"别人都有自己的大设备，我们没有，我挺想试一试。"这是南仁东面对质疑的答案。这一试，就让口径达500米，其面积相当于30个足球场、8个"鸟巢"体育场的中国"天眼"成为他永远的牵绊。

"为了选址，南老师当时几乎踏遍了那里的所有洼地。"南仁东的学生、FAST工程接收机与终端系统高级工程师甘恒谦回忆。当时，南仁东带着300多幅卫星遥感图，跋涉在中国西南的大山里，"有的荒山野岭连条小路也没有，当地农民走着都费劲"。

当大窝凼的圆形喀斯特洼坑出现在他眼前，南仁东觉得，此前的一切艰辛都值了。

这个适合建造FAST的"窝凼"——几百米的山洼被四面的山体环绕，正好挡住外面的电磁波。这个世界第一大单口径射电望远镜，可以观测脉冲星、中性氢、黑洞等这些宇宙形成时期的信息，以及捕捉可能来自外星生命的信号。

选址、立项、可行性研究及初步设计，主编科学目标，指导各项关键技术的研究及其模型试验，历经 22 年，南仁东带领团队最终建成了"中国天眼"。

"FAST 就像是他亲手拉扯大的孩子一样，他看着它一步一步从设想到概念，从概念到方案、到蓝图，再到活生生的现实。"FAST 工程馈源支撑系统副总工李辉回忆，2014 年，馈源支撑塔刚开始安装，南仁东就立志要第一个爬上所有塔的塔顶。最终建成后，他的确一座一座亲自爬了上去，"他在用自己独特的方式拥抱望远镜！"

2016 年 9 月 25 日，500 米口径球面射电望远镜（FAST）竣工。它与号称"地面最大的机器"的德国波恩 100 米望远镜相比，灵敏度提高约 10 倍；比被评为人类 20 世纪十大工程之首的美国"阿雷西博"305 米望远镜，综合性能提高约 10 倍。

无法遗忘的"老南"

现在，当人们来到贵州省平塘县克度镇这个偏僻的黔南小镇，再穿过一道道的狭窄山口，目光就会被一个 500 米直径的白色钢环所吸引，那是史上最大望远镜 FAST 的圈梁，而此时，南仁东的名字就会被继续坚守在这里的人们一再提起。

"老南"是他们心里对这个"老爷子"的昵称。用 FAST 工程馈源支撑系统副总工潘高峰的话说，他是一个"往西装口袋里装饼干，会忘记吃，等拿出来已经揉成渣子的随性老头儿"。

"老南"也是个为了 FAST，废寝忘食的"工作狂"。"就在那间办公室里，我们经常和南仁东老师一起工作到凌晨三四点。"南仁东的学生甘恒谦回忆起为 FAST 奋战的日日夜夜忍不住感慨。

"做一项大的科学工程，大部分是没有先例的，需要一个核心人物，南老师就是这样的角色。他是技术的核心推动者，是团队中掌握新技术最快的人，从宏观把握到技术细节，都免不了由他来操心。去院里汇报项目进展，从未出过任何差错，而且每次都提前一小时到达会场，努力负责的程度超乎想象。"他的学生岳友岭这样回忆自己的老师，"他是科学家中的科学家"。

时至今日，他的同事张海燕仍难以接受南仁东离世的事实。她总以为还能再见到那个"似乎无所不知、爱抽烟、嘴硬心软"的老爷子，还能听到南仁东在隔壁办公室喊自己的名字。但这一次，"老南"真的走了。

丧事从简，不举行追悼仪式，这是他的遗愿。

"他没有用语言教导过我要正直、善良，面对疾病要乐观，也没有用语言教导过我工作要执着、兢兢业业、精益求精，更没有用语言教导过我要无私奉献、淡泊名利。"FAST 工程馈源支撑系统高工杨清阁说，"但他，行胜于言。"

(摘自光明网 2017 年 11 月 19 日)

中华飞天第一人

—— 中国载人航天首飞航天员杨利伟的故事

奚启新 范炬炜等

沉着处置空中特情

1965 年 6 月 21 日，杨利伟出生在辽宁省绥中县一个教师家庭，父母都是教育工作者。他还有一个姐姐、一个弟弟，全家五口人和和睦睦，过着舒心平静的生活。

1983 年夏季，杨利伟考进中国人民解放军空军第八飞行学院。在 4 年的航校生活中，他的学习训练成绩一直很优秀，每个科目都是第一个"放单飞"。

1987 年，杨利伟从学院毕业，成为空军某师一名强击机飞行员。天生聪慧加上勤奋努力，他不久便成了师里的飞行尖子。后来，他又成为一名优秀的改机型的歼击机飞行员。在空军部队 10 年间，他从华北飞到西北，从西北飞到西南，祖国的万里蓝天留下了他矫健的身影。

　　1992 年夏，杨利伟所在部队来到新疆某机场执行训练任务。一天，他驾驶着"战鹰"在吐鲁番艾丁湖上空作超低空飞行。突然，飞机发出一声巨响，霎时间仪表显示汽缸温度骤然升高，发动机转速急剧下降。

　　杨利伟明白，自己碰上了严重的"空中停车"故障，飞机的一个发动机不工作了！紧急关头，杨利伟异常冷静。他一边向地面报告，一边按平时训练的要领做一系列动作。他心里只有一个念头：一定要把飞机开回去！

　　他稳稳地握住操纵杆，慢慢地收油门，驾驶着只剩一个发动机的战机一点点往上爬升、爬升。500 米、1000 米、1500 米，飞机越过天山山脉，向着机场飞去。快接近跑道时，剩下的一个发动机也不工作了。他果断采取应急放起落架的措施，将完全失去动力的"战鹰"紧急降落在跑道上。

　　当他从机舱出来时，飞行服已经被汗水湿透。战友们纷纷围上来同他拥抱。师长激动地当场宣布，给杨利伟记三等功一次。

　　这次对"空中特情"的正确处置，显现了杨利伟高超的技艺和过硬的心理素质。

　　这或许也预示着，天必将降大任于斯人。

过关斩将　通过选拔

　　1996 年初夏，身高 1.68 米、体重 65 公斤的杨利伟接到通知赴青岛疗养院，参加航天员初选体检。初检合格，他到北京空军总医院参加临床体检。杨利伟心里高兴，提前三天就去了。护士和他开玩笑说："你也太积极了吧！"

　　再接下来，他来到北京航天医学工程研究所参加"特检"，也就是航天生理功能检查。

　　中国航天员的选拔要"过五关斩六将"。医学临床检查，要对人体的几十个大大小小的器官逐一检查。随后的航天生理功能检查更是苛刻，要在离心机上飞速旋转，测试受试者胸背向、头盆向的各种超重耐力；要在低压试验舱使受试者上升到 5000 米、10000 米高空测试耐低氧能力；要在旋转座椅和秋千上检查受试者前庭功能；要进行下体负压等各种耐力测试。几个月下来，886 名初选入围者已所剩无几。

杨利伟顺利地过了一关又一关。他做的最后一项检查是"万米缺氧低压检查"。这要先在舱外吸氧排氮，然后坐到舱里，模仿万米高空低压。当从模拟的万米高度下降时，他心里想："总算是都通过了。"心里不由得一阵轻松，下意识地摸了摸头。结果把医生给弄紧张了，下来后忙问他："你是不是在上面很难受啊？怎么看你摸来摸去的？"

杨利伟是最幸运的，也是最优秀的。他的临床医学和航天生理功能各项检查的指标都达到优秀，令评选委员会全体专家信服。

1998 年 1 月，作为中国首批航天员之一，杨利伟带着他的梦想与追求，来到了北京航天员训练中心。

夫妻情深　事业更重

杨利伟的妻子张玉梅原来是位中学教员，娴静文弱。为支持丈夫的事业，她承担了所有家务，即便是儿子出生，也没耽误过丈夫的工作。

儿子杨宁康上小学三年级了。小宁康心目中最大的英雄就是自己的爸爸。老师让写作文，他就拿着爸爸的照片，写了一篇《爸爸的雄姿》。他写道："看到照片上爸爸为祖国航天事业无私奉献、刻苦训练的雄姿，我就非常自豪。"

2001 年 7 月，妻子张玉梅因病住进医院，做"肾活检"手术。张玉梅说："当我被推进手术室的一刹那，看到杨利伟对我那种从未有过的万般牵挂和怜爱歉疚的眼神时，我心如刀绞啊！"

手术后，张玉梅身体十分虚弱，24 小时平躺在床上一点儿都不能动。可是，手术后第三天，杨利伟就要告别妻子去吉林某空军基地，进行航天员高空飞行训练。

临行前一天，他在妻子病床边的椅子上整整坐了一晚。然后，义无反顾地回到了航天员大队。

大队领导说："你妻子病得很重，是不是推迟几天出发？"杨利伟说："请首长放心，我已请老母亲过来帮我照顾。任何事情也不会影响训练。"

那次高空飞行训练，杨利伟又一次取得优秀成绩。

阶梯训练　精益求精

杨利伟要攀越的第一道阶梯是基础理论训练。当了十多年飞行员，现在重新坐进课堂里，《载人航天工程基础》《航天医学基础》《解剖生理学》《星空识别》……30 多门课程要从头学起。

第二道阶梯是航天环境适应性训练。这是一项非常艰苦的训练。仅以其中的"超重耐力"训练为例，在飞船处于弹道式轨道返回地球时，超重值将达到 8.5 个 G，即人要承受相当于自身重量十几倍的压力。通常情况下，这很容易造成人呼吸极度困难或停止，意志丧失、黑视，甚至直接危及生命。杨利伟必须通过训练来增强自己的超重耐力。

"离心机"训练是航天员提高超重耐力最有效的形式。在圆圆的大厅里，杨利伟坐进一只 8 米多长铁臂夹着的圆筒里。在时速 100 公里高速旋转中，他不仅要练习紧张腹肌和鼓腹呼吸等抗负荷动作，而且还要随时回答提问，判读信号，保持敏捷的判断反应能力。

离心机在旋转，负荷从 1 个 G 逐渐加大到 8 个 G。杨利伟的面部肌肉开始变形下垂、肌肉下拉，整个脸只见高高突起的前额。做头盆方向超重时，他的血液被压向下肢，头脑缺血眩晕；做胸背方向超重时，他前胸后背像压了块几百斤重的巨石，造成心跳加快，呼吸困难。每训练一次，他都要付出巨大的体力消耗。

杨利伟是个爱动脑筋的人，他懂得，教员所讲授的抗负荷方法要靠个人在实践中体验和摸索。所以，每次训练他都有意识地按照个人体验的方法去练习，及时与教员沟通，总结经验，掌握好抗负荷用力和频率的度，慢慢地琢磨出规律和方法，使这项极具挑战、严格的训练逐渐变得轻松起来。

"转椅"和"头低位"训练，也是常人难以承受的，可杨利伟依然做得十分出色。

一位对航天员训练要求非常严格的老专家自豪地说："杨利伟在转椅训练上成绩最出色，他是我最得意的学生。"

同样，做"头低位"训练前几天，杨利伟晚上睡觉就不枕枕头了。他说这也是为了"先刺激刺激自己"。

其他的"阶梯"还有体质训练、心理训练、专业技术训练、飞行程序与任务模拟训练、救生与生存训练等等。杨利伟以他对航天事业的无比热爱和执着追求，严格要求，精益求精，各项训练成绩都是同伴中的佼佼者。

综合考评　排名第一

好中选优，强中挑强。"神舟"五号飞船发射准备阶段，经专家组无记名投票，杨利伟以其优秀的训练成绩和综合素质，被选入"3人首飞梯队"，并被确定为首席人选。

杨利伟全身心地投入了"强化训练"。

大部分的时间，他都待在飞船模拟器中。飞船模拟器是在地面等比例真实模拟飞船内环境、对航天员进行航天飞行程序及操作训练的专业技术训练场所。人们常说，台上一分钟，台下十年功。飞船从发射升空到进入轨道，再调姿返回地球，持续时间几十个小时甚至上百个小时，飞行程序指令上千条，操作动作有一百多个。舱内的仪表盘红蓝指示灯密密麻麻，各种线路纵横交错，各种设施星罗棋布。要熟悉和掌握它们，并能进行各种操作和故障排除，只有靠反复演练。

杨利伟把能找到的舱内设备图和电门图都找来，贴在宿舍墙上，随时默记。他还用小型摄像机把座舱内部设备和结构拍录下来，输入电脑，自己刻制了一个光盘，业余时间有空就放来看。

每次训练，杨利伟的眼睛总是那么亮，各项检查总是那么细，每个动作总是那么到位。他以自己严肃认真的精神和熟练的技术赢得了教员的称赞。在最后阶段的专业技术考核中，教员为他设置了许多的故障陷阱，他都能很快地发现，进行排除。每次考核结束后，教员都要问他："操作有没有失误?"他总是自信地回答："没有失误!"

在5次正常飞行程序考试中，他获得了2个99分、3个100分的好成绩，专业技术综合考评排名第一。

发射前夕，杨利伟来到酒泉卫星发射中心，参加"人、船、箭、地"联合测试演练。

此刻，经过无数次训练的杨利伟对飞船飞行程序和操作程序已是滚瓜烂熟、倒背如流。他自信地告诉记者："现在我一闭上眼睛，座舱里所有仪表、电门的位置都能想得清清楚楚；随便说出舱里的一个设备名称，我马上可以想到它的颜色、位置、作用；操作时要求看的操作手册，我都能背诵下来，如果遇到特殊情况，我不看手册，也完全能处理好。"

轻盈一跃　世界瞩目

2003年10月15日9时整，杨利伟乘坐"神舟"五号，开始了中国人征服太空的旅程。

20多个小时后，杨利伟在做完他此次飞行的最后一个操作动作——割断降落伞伞绳后，轻松地跨出飞船返回舱，为中国人首次太空之行画上了圆满的句号。

太空一往返，中华五千年。

自加加林以来，世界上迄今已有数百名航天员，驾驶各种航天飞行器遨游过太空。今天，中国人凭着自己的智慧和勇气，轻盈一跃，大步跨入世界先进行列。

据英国《星期日泰晤士报》报道，欧洲航天局科技室主任戴维·索思伍德教授在 2003 年 9 月称："当中国人将航天员送入太空后，它将改变一切。"

首飞之前，杨利伟的心理教员曾问过他："你想没想过真正坐上飞船去飞行，会是什么心情？"

他面带微笑回答："我想，我会比平时训练更放松。就让我平静地去飞吧！"

哦，利伟！你平静地飞去，完美地飞回；肩负中华民族的重托，笑迎全世界的注目。银河为你起舞，群星为你欢呼！

此刻，每一个中国人都因你而激动！

（摘自《解放军报》2016 年 1 月 8 日）

筑路记

任卫东等

造物者用山川湖海勾勒出大地的轮廓,道路桥隧则是人类在地面上绘制出的醒目线条。可观画无声。列车呼啸而过时,少有人知道,在人迹罕至的深山幽谷,究竟经历了怎样的寂寥、悲怆和惊心动魄,才有了这缠绵的曲线。从孙中山先生的《建国方略》,到今天855公里即将贯通西北西南,连通中国最贫困地区的兰渝铁路,几近百年,终得实现。

一、从墙上"驶出"的火车

家徒四壁的土坯房,煤油灯微微发亮,一名妇女怀抱婴孩,坐在泥巴糊起的土炕上眺望远方。身后墙壁上,一列长长的火车穿行而过。

20年,一个世纪的五分之一。新华社甘肃分社记者武斌至今仍清楚记得,他在 1996 年用相机定格下的这个瞬间。

那年冬天，他从省会兰州出发，在国道 212 线上坐了整整一天大巴，终于到了甘肃南部小城宕（tàn）昌。

这个不通火车的县城，曾是中国最贫困的地方之一。石头山多、可耕地少，当地人常要背着背篓四处拾土造田。有的田地面积极小，只有一头牛的容身之地，而被戏称为"卧牛田"。

在前往阿坞乡各竜（lóng）村采访时，武斌偶然敲开了一户人家的房门。"太意外了。一个这么封闭地方的农民家，墙上竟然画着一列火车。"

照片中的农妇叫杨尕女。那时，家里的几亩薄田根本喂不饱一家四口人。20 多岁的她常常要抱着女儿去周边县城乞讨，能讨到一点白面馍馍，就能高兴一天。

"什么时候我们能坐上火车去富足的地方？让日子过得好些，钱赚得多些。"杨尕女的话，让武斌深受触动。他按下快门，记录下昏暗土房中杨尕女一家的火车梦想。

一句"老朋友，你还记得我吗？"开启了武斌和杨尕女 20 年后的重逢。

2016 年 12 月 26 日，兰渝铁路甘肃岷县至四川广元段通车。长年在外地打工的杨尕女特地赶回来见证家乡的重要时刻。武斌也拿起相机，重走来时路，惊叹着山乡巨变。

如今，从各竜村出发，只要行十几公里，便能抵达最近的哈达铺车站。杨尕女走进车站，这边瞅瞅，那边望望。"以前把火车画在墙上，现在火车竟然开到家附近！"

当年杨尕女怀中的女孩，如今已是 20 岁的大姑娘。看着老照片，李有霞感慨连连："家里没有照片，我都不知道自己小时候长啥样。听父母说起家乡又穷又破，没想到回来一看，家家户户有新房，生态又好，以后我还想再来。"

廿载逝去，农妇想象出的火车终于从残破土墙上"驶出"，穿梭在世人眼前。一张老照片记录下的西部农妇梦让人不胜感慨：梦想总是要有的，万一它实现了呢？

二、蜀道，难于上青天!

"噫吁嚱，危乎高哉!蜀道之难，难于上青天!"

1200多年前，唐代大诗人李白《蜀道难》的开篇如是感叹。

蜀道到底多难?

在李白笔下，是"天梯石栈相勾连""畏途巉岩不可攀"。在行走在这条道路上的人眼里，是望也望不尽的山，数也数不清的峦。

一生能走多远?

交通如畅达，天涯也在咫尺间。可在蜀道上，那一道道峰一条条涧，串成镣铐，锁住人们外出的脚步。有人活了快90岁，所达最远处，竟难出十里方圆。

一头连着沟壑纵横的黄土高原，一头牵着群山起伏的秦巴山区，兰渝铁路经过的区域，就是古蜀道之一。衔接甘、陕、川三省的甘肃省陇南市，是难中之难。

我们从陇南武都区城关镇出发，沿着新修的五阳公路，来到大山深处的裕河乡凤屏村。117公里的车程，翻过海拔1800多米的薄洛峪梁，耗时3个多小时。

生活在这里的黄桂花已经快90岁了，家里只有她和侄媳妇。这里满目青翠，空气温润，但门前万重山，抬脚行路难。

黄桂花一生最远到过数十里外的五马镇，那还是在1958年大炼钢铁时响应政府号召背着树皮送去当燃料。"看见牛在山坡，赶去，下沟、上坡，走到跟前，差不多要一天，难啊……"她眼里的泪花直打转。

兀立的危峰，锁住了山里人，也锁住了大山给人类最美好的馈赠。守着丰裕的物产，却难逃"富饶的贫困"，这是世代陇南人难解的愁肠。

长期以来，陇南境内无高速、无铁路、无飞机场，国省道主干线公路等级低、通行能力差。陇南境内高峻山岭与深陷河谷错落相接，层层叠叠的山岭犹如屏障，将这里与外界隔绝开来。直线距离只有数十公里的两地，往往要绕着大山低速缓行数个小时。

如果把时间轴拉得更久一些，陇南的历史，几乎是一部在大山当中寻找道路

the历史。

的历史。

东汉年间，武都太守李翕率民在险峡当中修复西狭古道，这段历史被鱼窍峡里的摩崖石刻《西狭颂》所记述。今日再看，这里仍然双崖对峙，峭壁如削，昔日修路之艰难映入眼帘。

三国时期，邓艾父子率领大军伐蜀，为保密选择沿羌水而行。沿岸许多地方无路可行，邓艾大军边行军，边开山凿壁修筑栈道，现今岩壁上的方形洞孔便是当年留下的遗迹。

为躲避安史之乱，唐代大诗人杜甫借道陇南前往四川避难。从今天的天水出发到达陇南成县不到 200 公里的路程，他足足走了 3 个月。行至成县泥工山，诗圣发出感慨："朝行青泥上，暮在青泥中""白马为铁骊，小儿成老翁"。

20 世纪中期，许多陇南人出远门，仍只能行走在人烟罕至的"北茶马古道"。

西狭、青泥岭、阴平道、祁山道……在陇南留存的古蜀道的遗迹和地名，全是"行路难"的证据。

三、走出大山的渴望

人，殁了。

"村子离乡卫生院只有 13 公里。如果有了路，老人的命或许就能保得住。"每每回想起 30 年前下乡途中目睹的那一幕，61 岁的陇南市西和县政协副主席刚维杰都心痛不已。

于是，20 世纪 90 年代初起的十余年间，他守在陇南的沟壑间，挖山凿石，带领群众打通了 182 条乡村公路。"修路干部"，是老百姓给他的名字。

尝试打通走出大山的路径，刚维杰不是孤身。

2007 年，公路通到了海拔 2800 米的宕昌县贾河乡各里村，家住图寺社的马路娃却悲欣交集。"眼看马路就到家门口了，可我们还是没路走。"

马路娃说不清父母给自己取名"路娃"的用意，可"行路难"却全在眼前：

为进城赶集天没亮就出门，要走过巴掌宽的山路，蹚过几道河，冬天到县城时胡须上甚至结了冰溜子。

"社里的这条路，我们自己修！"马路娃下定了决心。42户人要筹资3万元，在宕昌这个国家级贫困县，这不是小数目。但全社人二话不说，一块钱一块钱攒，一铁锹一铁锹铲。苦干一个冬天后，小山村终于通路了！

"我家现在三轮车、摩托车都有了。儿子、儿媳也走出大山去新疆打工了。"告别完挥挥手，马路娃对我们喊："下次再过来，我开着车到山下接你们！"

过去几年，陇南市几乎是一个交通会战场。兰渝铁路、武罐高速、成武高速、什天高速陇南段、武九高速、渭武高速和成州民用机场等重大交通项目相继在陇南境内开工建设，目前其中一些已经建成，影响陇南发展的交通制约正在被消除。

"早上出发，中午在四川吃顿火锅，晚上还能赶上家里的晚饭。"这是许多陇南市民对于高速通车后的形象描述。

路，在陇南人眼里，便是山乡巨变。

四、百年梦想

铁路通兰渝，人们梦了百年。

1919年，孙中山先生在《建国方略》中，最早提出修建兰渝铁路，称其为"经过物产极多、矿产极富之地区"，规划路线走向是"兰州—广元—南充—重庆"。他把这条铁路线，作为计划的中央铁路系统24条干线之一。

中华人民共和国成立后，兰渝铁路被列入议事日程。1956年铁路设计院分别对兰州至广元、广元至重庆规划研究，1965年重编全线方案并报铁道部。

20世纪90年代的一项统计显示，兰渝铁路途经的甘、陕、川、渝22个县（市、区）中有17个是国家级贫困县，未超过温饱线的贫困人口近1000万，约占当时全国贫困人口的七分之一。

1994年，兰渝铁路沿线地区百余人齐聚四川苍溪，组建了半官方、半民间的

"兰渝铁路协作会"。随后，一份盖有 68 枚地县两级党委、政府印章的《关于申请新建兰渝铁路立项报告》被上报给四川、甘肃省政府及当时的国家计委。

老区人民的呼声，引起许多在西南、西北出生和战斗过的红军老战士们的关注。1998 年 12 月，罗青长、傅崇碧、苏毅然、谢觉哉的夫人王定国等 105 位老红军联名签字致函党中央国务院，恳请修建兰渝铁路。

这份签名中，有不少是老红军的绝笔!在四川省南部县，一位病榻上的老红军颤颤巍巍地写下姓便没了力气，儿子握住她手，才把名字写完。秘书处同志还没离开南部，她就离开了人世……

2000 年，全国两会召开期间，甘、川、渝三省市为兰渝铁路立项的议案和提案就达 192 件，代表委员还联合致函大会主席团请求尽快修建兰渝铁路。时任国务院总理朱镕基在听取了兰渝铁路专题汇报后一锤定音。

从 2005 年甘肃省、四川省、重庆市、铁道部共同商议合资建设兰渝铁路，到 2008 年兰渝铁路有限责任公司正式成立，兰渝铁路呼之欲出。

2008 年 9 月 26 日下午 3 时，甘肃省兰州市沙井驿，时任国务院副总理张德江出席开工动员大会并宣布："兰渝铁路正式开工!"

至此，这条谋划了近百年的铁路，承载沿线 3600 万群众脱贫致富梦的铁路，让"渝新欧"大通道、"一带一路"、西部大开发等国家战略实施有了支点和助推器的铁路，正式开工建设!

五、"世界难题"属兰渝

大地震颤，山河摇摆，"5·12"汶川地震震痛了中国。按计划，四个月后兰渝铁路将开工建设。有人担心，这么大的地质灾害会不会对铁路开工造成影响?

2008 年 6 月初，中铁第一勘察设计院集团公司工作组赶赴兰渝铁路设计沿线进行震后影响核查。核查结果让人松了口气：地震对兰渝线的地层、地质没有太大影响。

可开工后接踵而来的问题，却让工程人员渐渐看到，与铁路本身建设难度相比，这场大地震的影响几乎可以忽略不计。

——这是一条经过"地质博物馆"的铁路。

兰渝铁路通过的黄土高原区和秦岭高中山区，位于青藏高原隆升区边缘地带，在区域地质上位于华北、扬子、青藏（柴达木、羌塘等）诸小板块相互汇集部位，地质环境极为复杂特殊。

兰渝铁路穿越区域性大断裂 10 条、大断层 87 条，所经地区地震、暴洪、泥石流灾害多发，号称"地质博物馆"，是我国在建地质条件最复杂的山区长大干线铁路，也是一条施工难度极大、风险极高的铁路。

——这是一条让国内外专家称为"世界难题"的铁路。

开建以来，国际工程地质与环境协会主席卡罗斯·德尔加杜角曾两次慕名深入兰渝铁路现场调研，国内外院士、专家先后 38 批次来现场号脉会诊、指导施工。专家们一致认定兰渝铁路地质属"国内罕见、世界难题"，感叹"世界隧道看中国，中国隧道看兰渝"。

铁路建设预计工期 6 年，即到 2014 年年底全线通车运营。但到 2017 年仍未实现这一目标，工期已经延后两年多。

"核心原因是地质因素，尤其是甘肃段的地质属于隧道施工领域的世界难题，许多地质条件，超出了人们的认知范围，没有先例可以遵循。"兰渝铁路公司董事长、总经理熊春庚说。

——这是一条四大风险叠加的铁路。

兰渝全线存在着四大高风险隧道群：第三系富水粉细砂层隧道群、高地应力软岩大变形隧道群、高瓦斯隧道群、岩溶突泥突水隧道群。

其中甘肃境内地质最为复杂，尤其是第三系富水粉细砂层地质和高地应力软岩大变形地质极大地影响了隧道的开挖和掘进，设计、施工难度不仅在技术上是巨大的挑战、安全上压力巨大，也带来了工期上的风险。

复杂的地质环境给兰渝铁路设计、施工带来前所未有的难题。

六、钢铁不敌"胡桃木"

"千里兰渝陇最难。"兰渝铁路副总经理蔡碧林曾经赋诗感叹。"陇"是甘肃的简称。

走进甘肃境内胡麻岭、桃树坪和木寨岭三条隧道,我们才真正了解兰渝人口中"钢铁不敌'胡桃木'"的意思:既要在水豆腐里打洞,也要承受如蛟龙号沉水2700多米时的巨大压力。

2016年年底,一场冬雪后,我们来到了距地表350多米的兰渝铁路胡麻岭隧道。隧道外寒风凛冽,隧道内闷热潮湿。

在一处施工掌子面前,洞壁上插满了细管,黄色砂浆从管中涌出,落在地上堆成厚厚一层。稍不注意,就会被掌子面突然涌出的砂浆溅一身。渗水一旦滴在皮肤上,明显感受到灼痛。抓起地上的一团细砂,用手一攥,指缝中便渗出水来,手指一撮,细砂全成了粉末。

然而,就是这样比重近乎于水的"第三系富水粉细砂",让3.2公里长的桃树坪隧道6年多才全部贯通,6年攻坚才打通胡麻岭隧道1、2号斜井间的173米!

隧道施工"怕软不怕硬"。兰渝铁路公司陇南建设指挥部指挥长张有生说,岩石地质大型盾构机能快速推进,但富水粉细砂地层成岩性差,长时间受水浸润或浸泡后呈流塑状,施工中极易涌水、涌砂。"胡麻岭的砂比玉米粥还细,含水量最高达28%,就跟水豆腐一样。"

2011年8月,胡麻岭隧道1、2号斜井间仅剩173米时,泥石流般的细砂从第三系富水粉细砂地层涌出,淹没了已经修好的隧道。工程不仅没有前进,反而倒退了!

过去5年半,1号斜井方向的隧道发生了四次大突涌,砂浆积累15万方,相当于2公里的隧道长度。

在铁路隧道施工中享有盛誉的德国专家,曾专门自带顶级设备和施工团队到胡麻岭应战,但试了几次都没成功,离开时认为"不可能在这种地层中打隧道"。

前进，突涌，倒退，清理，再前进。受制于空间狭促，很多时候，工人只能猫着腰，一点一点把泥沙往外掏。

2015 年，中国铁路总公司组织全国相关行业专家反复研究，终于探索出一套成熟的施工方法，破解了胡麻岭隧道的"世界难题"。长期停滞不前的工作局面，终于又开始向前推进。

2016 年年底，施工进入我国目前最高风险等级的铁路隧道木寨岭隧道。所见场景格外骇人：已施作的二衬严重变形，混凝土开裂剥落，钢筋外突扭曲。

变形来自世界铁路隧道中最大的"极高地应力"。兰渝铁路公司安全质量管理部副部长卫鹏华说，此前世界铁路隧道施工中地应力最强的是奥地利阿尔贝格隧道，但木寨岭的地应力是其 2 倍，最大值达 27.16 兆帕。"这相当于蛟龙号下潜到 2700 多米时所承受的巨大压力，而且压力还没有海底那么均匀。"

如何应对"极高地应力"，依然没有先例。在数轮攻关之下，兰渝人终于找到了变单层拱架为双层、加密拱架间距等有效可行的施工方案。

2016 年 7 月，木寨岭隧道贯通后没多久，"极高地应力"又对隧道造成了严重损坏。补强后隧道结构厚度是普通隧道的 2 倍多，"隧道壁厚度超过两米，比防原子弹的地下工程还厚！"卫鹏华说。后来，大家把这种施工方法称之为"木寨岭模式"。

在这条隧道施工，除了要面临高原反应，还得承受住一年中一半是冬天、一天经历两季的考验。

木寨岭隧道一工区总工程师陈强说，埋深地下 824 米的隧道正洞温度高达 30 多摄氏度，隧道外则是零下 20 多摄氏度。干完活，工人们的衣服常常湿透，呼啸的风裹着雪打在身上，衣服被冻得硬邦邦，就像活的冰雕……

七、危难之时显身手

兰渝铁路是人类与大自然的"拉锯战"。完成"不可能完成的任务"，不是天上掉下来的奇迹，而是像你我一样的凡人把时光劈开，用担当、用钢铁意志、用一滴滴汗水，生生干出来的。

2014 年，兰渝铁路建设进入第 7 年。众多地质难题尚未攻克，有的施工单位士气低落，铁路建设也面临着资金难题。

春寒料峭时，在业界有"救火队长"之称的熊春庚临危受命，担任兰渝铁路公司董事长、总经理。"家在行囊中，一直在路上"，他 7 年易 6 地，从向莆铁路一路西行至哈密罗布泊铁路，再奔兰渝。

"信心比黄金重要""人心齐才能泰山移"，熊春庚一上任即提出"抓班子、担担子、找票子、拔钉子、保住命根子（安全质量稳定）"的工作重点。到任不到 3 个月，他率众穿梭奔波于甘、川、渝三省市地方政府，6 次进京汇报；同时，将设计、施工、监理等单位的资源重新聚集了起来。

一场"百日会战"，让一度低沉的士气重燃。

"广安段要在 2014 年 7 月 30 日前达到开通运营条件!"熊春庚在兰渝铁路建设工作会议上下达的任务，在那时听起来根本不可能：广安段剩余工程量还大得惊人，1.2 万平方米的广安南站地基才刚刚动工，部分地区征地拆迁工作还面临问题……

"兰渝铁路公司作为建设主体，必须身先士卒!管理重心必须前移，管理人员必须贴近现场!"熊春庚说。

随即，兰渝公司成立广安段开通领导小组，抽调精兵强将在一线，日纪要、月考核。中国中铁一局集团、中国铁建二十一局集团、中交一公局派专项负责的局级领导现场督战。中铁二院把办公桌搬到工地，与建设、施工单位合署办公。

大任当前，再难也要挺过去。有人拄着双拐坚守岗位，有人身上还插着导脓管就出现在工地，有人母亲垂危时才赶到家，料理好后事的第二天就赶赴现场……

一个接一个的"破例"，一个赛一个的顽强，"不可能的任务"竟实现了!2014 年 8 月 8 日，火车通到了小平同志的家乡四川广安!

"巨龙将要起飞的时刻，深重的翅膀诉说艰难。燃烧的永远是热血，不朽的永远是信念。"熊春庚非常喜欢 20 世纪 90 年代初一首名为《心愿》的歌曲，经常情不自禁地哼起来，"这首歌很提气，很给力!总觉得是唱给兰渝铁路建设者的歌!"

写兰渝的时候，我们总怕煽情。到了今天，再去讴歌克己奉公似乎显得有些落伍，赞颂鞠躬尽瘁好像有些怪异。我们尽可能收敛地去写作，却总不时被听闻的故事打动、震撼。

曾在兰渝铁路公司当了8年副总经理的孙韶峰，当初从济南来到兰渝时还是一头乌发，离开时已经满头华发。他说："这些年来，我们很多人从黑头发熬成了白头发，还有的是从有头发熬成了没头发。"

中国铁建大桥工程局兰渝铁路4标段项目部党工委书记李子明说："在建设中，我们中有人去了天堂，有人身患绝症，正在去天堂的路上，但一辈子能修这样一条铁路，死而无憾!"

八、小家只计大国先

一条隧道，四面黄土，八年时光。

2009年3月，常春玉作为第一批人员来到兰渝铁路。这个1982年入伍的辽宁汉子，一直随着铁路建设项目转战南北。

2010年，在他的建议下，大学毕业的女儿来到了胡麻岭。"父亲常年在外修铁路，每年能见面的日子不到一个月。"常程程说，"母亲退休后也来了兰渝铁路，我们一家三口总算团聚了。"

常春玉的老战友夏付华一家，也在胡麻岭工地。夏付华的儿子夏荔，是一名技术员，年龄和常程程差不多。相似的家庭，相似的经历，相近的工作，让两个年轻人走到了一起。

2015年初，他们的女儿出生了，胡麻岭工地上有了三代七口之家。夏婉清，水般温婉的名字。小生命让荒凉的黄土高原柔软了。

"结婚后的日子，竟然就在一个山沟里度过了。说没有犹豫顾虑，都是假话。"常程程说，2016年正月的一天，大雪纷飞，女儿突然高烧抽搐，找车送到市上医院时已是一小时后。

"不知怎么，也就挨过去了。大概是觉得有家人的地方就是家，而且我们的工作也很有意义。"常程程说，在胡麻岭的 7 年，是她与父亲接触最多的 7 年。"这个项目结束，也许我们一大家子又要到不同的地方继续工作。"

家是最小国，国是千万家。在兰渝铁路，这样让人感动又心疼的故事，还有很多。聚焦细部，你就更体会，在"世界难题"背后有多少的不容易。

"山上还是雪，也没有树木，荒凉得很。"这是工程师胡刚 2009 年初见胡麻岭的模样。本想着隧道两年贯通，他和爱人就能回家要孩子了，可接连而来的隧道突涌，让计划不得已延后。2014 年国庆节，女儿出生。

胡玛玲，胡麻岭的谐音，这是胡刚给女儿取的乳名。是有多动情，才会把事业刻在爱女的名字里，才会把这段经历编织进一个萌动的生命里。苦后回甘，才更显珍贵。胡麻岭和胡玛玲，都是胡刚心尖儿上的甜吧。

胡刚仍常年在工地上。他说，自己最幸福的事，就是在工作间隙和女儿视频聊天。"我希望她的人生，和我修建胡麻岭隧道一样，遇到的困难都能克服。"

中铁隧道集团木寨岭隧道项目部一工区总工程师陈强，刚 30 岁出头。8 年多前，大学刚毕业的他就来到工地。为了团聚，在西安一家幼儿园当老师的爱人辞去了工作，从繁华的大都市，来到海拔 2800 多米、荒凉偏僻的木寨岭。而他们的孩子，只能送到陕西老家交给爷爷奶奶照顾，一年见不上几回面。

"哪些人从一开始就在工地上？"每次与各参建单位人员座谈时问起这一问题，都有超过一半的人举手。

兰渝铁路的建设周期，超出了我国大多数铁路的建设周期，最多时有 10 万筑路大军在千里兰渝线上奋战。近 9 年来，在极偏僻、高海拔地区，在恶劣艰苦的施工环境中，在长期攻坚的心理压力下，筑路"铁军"及其家人做出了巨大牺牲和奉献。

听这些故事的时候，我们常常心酸，钦佩，又惭愧。我们购票乘车，从东到西，由南向北，却很少去想四通八达背后，有多少人的创造与奉献。敬畏，好像来得晚了一些。

九、热血攻克重重难

有人说，干过木寨岭，就相当于读了个博士。

此言不无道理。兰渝铁路遇到的许多地质条件，在世界铁路施工史上都不曾遇见。破题攻坚，在兰渝铁路建设史中从未间断。

困难重重的兰渝铁路，就像一个大磁场，吸引了包括同济大学、北京交大等科研院所，中国工程院院士王梦恕、梁文灏等国内顶级专家，以及时任国际工程地质与环境协会主席卡罗斯·德尔加杜角等国外专家的兴趣。

兰渝铁路的鏖战，拼出了一条创新之路：在桃树坪隧道攻克第三系富水粉细砂的工法为国内首创，成为国家级工法；西秦岭隧道施工中，全断面隧道掘进机刷新了周掘进、月掘进世界纪录……

从更高层面看，兰渝铁路的突破意义愈加明显。

熊春庚说，兰渝为同类地质的国内外公路、铁路隧道施工提供了兰渝方案，贡献了兰渝智慧，目前在建的成兰、兰合、宝兰铁路等地质条件类似的项目，在设计、施工时都向兰渝"取经"，少走了弯路，降低了成本。

兰渝铁路一头是生态环境脆弱的黄土高原，一头是我国重要生态屏障的秦巴山区。避免工程给大地留下疮疤，坚持绿色建设，也是贯穿兰渝铁路建设的理念。

在设计时，兰渝铁路便明确用于环境保护的投资近20亿元，超过预计总投资的2%。在建设时，绕避了沿线大部分自然保护区等，主要采用桥隧等占用土地少的方式穿越了甘肃裕河、四川毛寨、广元嘉陵江源等少数几个自然保护区。

兰渝铁路沿线不少地区群众耕地少，施工中的弃土弃渣便从废变宝。四川阆中市垭口乡涧溪口村，因建设阆中车站，许多土地被征用，村民面临几乎无地可种的窘境。通过渣场造田，80亩土地上建设起高标准温室蔬菜大棚。涧溪口村村主任陈志峰说："蔬菜大棚每年能给村民带来近70万元的收入。"

兰渝铁路也为"路地"关系和谐试出了办法。2013 年 7 月，岷县、漳县交界发生 6.6 级地震，木寨岭项目部组织员工和大型施工机械，对 212 国道坍塌体进行疏通清理，短短数小时抢通了道路，为救援打通了生命救援大通道。

"在攻坚克难中，形成了'敢为人先、勇于担当'的兰渝精神。"国际工程地质与环境协会副主席、秘书长伍法权说，"在外国人认为不可能修铁路隧道的地质条件中，变不可能为现实。兰渝铁路不仅是铁路人的'争气线'，更是中国人民的'争气线'！"

十、开往小康的火车

2017 年，兰渝铁路进入全线开建以来的第十个年头。回首往事历历。

2013 年 8 月，国务院总理李克强在兰渝铁路木寨岭隧道和漳县火车站施工现场考察时说，这条铁路通过六盘山区、秦巴山区等集中连片特困地区，是群众多年的企盼，可以为沿线几百万贫困人口打开脱贫致富的大门。

根据兰渝铁路全线地质结构状况，兰渝铁路公司按照中国铁路总公司的统一部署，对兰渝铁路全线实行"逐年分段"开通。

广安支线、重庆北至渭沱段货线、重庆北至渭沱段客线、渭沱至广元段、兰州东至夏官营段、岷县至广元段已分别于 2014 年 7 月、2014 年 12 月、2015 年 12 月、2016 年 6 月、2016 年 12 月分 5 次开通运营。

"更喜岷山千里雪，三军过后尽开颜。"2016 年 12 月 26 日，伴随着兰渝铁路甘肃岷县至四川广元段正式开通运营，毛泽东主席长征时留下著名诗篇的岷县结束了不通火车的历史。

一张从岷县到广元的首发列车车票，63 岁的刘长青紧紧攥在手里。问他去广元干什么，他笑着说："啥也不干，就坐坐火车，到那儿转一圈就回。"

30 岁的任秀娟也不去外地打工了，几番应聘，她成了哈达铺车站的一名工作人员。

陇南白龙江两岸的河谷，是让 20 万贫困群众受益的我国最大油橄榄种植基地。陇南市武都区一家油橄榄企业的总经理李建科说，用火车发送，每吨橄榄油到北京的运费将从原来的 1500 元下降到 400 元。

兰渝铁路涉及甘、陕、川、渝近 20 万平方公里 3600 万人口，随着各段的相继开通运营，沿线丰富的农牧业、有色金属、煤炭、建材和文化旅游资源将逐步走出大山，老少边穷地区脱贫致富的步伐大大加快。

2017 年年底，兰渝铁路将全线开通运营。我国西部的交通格局也将发生质变。

此前，西北与西南的铁路客货交流主要经由陇海线、宝成线、西康线运输，呈"之"字形布局，线路迂回绕行，导致运输能力紧张，不能满足大区间客货快捷运输需求。

而即将建成的兰渝铁路，设计标准为国铁 I 级，双线电气化铁路，客车速度目标值 160 公里／小时，规划输送能力为客车 50 对／日、货运 5000 万吨／年。建成后，兰州至成都、重庆的铁路运费将降低约三分之一，时间缩短约三分之二。

兰渝铁路建成后，将成为西北、西南地区之间最便捷的快速铁路通道，并将有力地带动沿线地区社会经济发展。数百万群众将由此挣脱崇山峻岭，兰渝铁路也将成为他们告别贫穷、奔向小康的新起点！

后 记

2017 年 6 月 19 日，胡麻岭隧道贯通了！白日焰火从黄土高原升腾而上，直冲云天。

8 们年了，胡麻岭从没这么热闹过。

8 们年了，胡刚的期盼从没这么迫切过。

他盼着胡麻岭隧道早日完成后续工作，盼着自己能早点儿回家陪伴女儿胡玛玲。

孩子已经快 3 岁了，可胡刚只见过她三回。"每次刚和小孩熟悉，马上又要走了。"近千个日日夜夜里反反复复来来回回曲曲折折的思念全都涌上眼前，这个铁路工地上的钢铁汉子，掉泪了。

胡刚家在四川成都，施工这几年，每次回家他都得从兰州出发，经过陇海线和宝成线，花费 20 个小时。等到年底兰渝铁路全线通车，花六七小时他便能到家。

那时，胡刚再不用看着胡麻岭想着胡玛玲，而能看她笑，看她一点点长高。她哭的时候，能把她抱进怀里，轻哄她到睡着。

他更期待着，有一天，胡玛玲坐上火车，穿越胡麻岭隧道，走过他用青春筑成的兰渝铁路，去寻找名字的由来，去到更远的远方。

胡麻岭隧道贯通那天，还有一个画面刻到了我们心上。

欢腾的舞台下侧，支着一块屏幕，黑白影像静默流淌。那是《铁道兵战士志在四方》——一首创作于 20 世纪 60 年代初的歌曲。

第一次听这首歌，是在冬天的胡麻岭隧道，十余名施工人员站在隧道口齐声合唱。

"背上行装扛起枪，雄壮的队伍浩浩荡荡。同志你要问我到哪里去？我们要到祖国最需要的地方。"

那天，下着雪，胡麻岭隧道四面苍凉。风一起，他们的声音便被吹散，吹到几无寸草的黄土坡，吹进比夜更黑的隧道里。

山谷外，没人听见。

（摘自新华网 2017 年 6 月 30 日）

致　谢

　　盛夏又至。窗外草木繁盛,绿树成荫,让人感触到了生命的蓬勃与绽放。回想去年这个时节,我们推出了《读者丛书·社会主义核心价值观读本》。丛书一经推出,不仅得到了广大读者的一致认可,而且获得了业界的广泛好评,被称为是一套"用好故事拨动时代心弦"的好书。今年盛夏,我们带着梦想再次出发,开始了新的征程与探索⋯⋯

　　继《读者丛书·社会主义核心价值观读本》成功出版发行之后,甘肃人民出版社又策划了《读者丛书·中国梦读本》。丛书以读者品牌为引领,围绕"寻梦追梦、中国道路、中国精神、人民梦想、实干兴邦"等主题,从各种图书、报刊、网站上精选了500多篇美文汇编成册,每册突显一个主题,奉献给广大读者。在丛书策划、编辑出版过程中,得到了中共甘肃省委宣传部、甘肃省新闻出版广电局以及读者出版集团、读者杂志社等多方的指导和帮助,在此深表谢意! 与此同时,丛书的编撰也得到了绝大多数作者的理解和支持,他们对作品的授权选编和对丛书的一致认可使我们消除了后顾之忧,对此我们表示诚挚的谢意!虽然我们尽力想把工作做得更细致更扎实些,但因为种种原因依然未能联系到部分作者,对此我们深表歉意,也请这些作者见到图书后与我们联系。我们的联系方式是:甘肃人民出版社(甘肃省兰州市读者大道 568 号,730030,联系人:张菁,0931—8773340)。

《读者丛书·中国梦读本》是我们送给筑梦路上人们的美好希冀和前行的精神动力。当您打开这套丛书的时候,您可以看到仁人志士在寻梦路上用生命和鲜血书写的人生丰碑,也可以感受到几代科学家在强国路上的无私和献身精神;还可以看到普通人在追梦路上的辛勤汗水……是他们,用自己的牺牲和奉献默默无闻地支撑起中国梦。您就更加清楚:我们比任何时候都更接近梦想!

身为出版人,我们深知,要做一本好书,不仅要有好的主题,好的构思、立意,更要有好的故事。因此,利用“读者”的品牌影响力,以“读者 +”的形式述说时代主题成为我们新的出版理念。换言之,就是秉持《读者》“清新、隽永、朴实、平民”的风格和“真、善、美”价值标准,用一个个好故事拨动我们这个时代的“心弦”,倾听我们这个时代的脉搏。我们相信,这一个个好故事,犹如一粒粒种子,将会在每一位读者心中生根、发芽,最后成为一棵棵参天大树。

这是我们读者人的中国梦!也是我们所有出版人的中国梦!

读者丛书编辑组

2018 年 6 月